LorenzIST

ISBN: 978-88-9367-985-5

In collaborazione con Book on a Tree
Testi con Giuseppe D'Anna
Illustrazioni di Danilo Loizedda

In collaborazione con Tom's Network
Coordinamento di Alberto Martinelli

Copertina: Andrea Balconi
Progetto grafico: Corpo4 Team
Impaginazione: Simona Gilberti

Per essere informato sulle novità
del Gruppo editoriale Mauri Spagnol visita:
www.illibraio.it

www.magazzinisalani.it

LorenzIST

Le Pietre del Destino

ROMANZO

MAGAZZINI SALANI

Cari pinguini,

questo libro lo dedico a tutti voi,
che mi avete supportato fino a ora
e senza i quali tutto ciò
non sarebbe stato possibile.
Spero che questa fantastica avventura
vi faccia divertire, entusiasmare ed emozionare
e spero anche che vi possa dare il coraggio
per affrontare tutte le sfide della vostra vita.
Grazie a tutti voi! NOOT NOOT,

Pingu e LorenzIST

CAPITOLO 1

L'ECLISSI

Era una bella mattina d'estate, di quelle con il cielo azzurro splendente e il sole che pizzicava la faccia. C'erano anche le cicale, che si facevano sentire tra gli alberi, e il loro suono si mischiava a quello di una bicicletta rossa intenta a venir giù per la discesa come una biglia lanciata a tutta velocità.

Lorenzo pedalava a più non posso. Gli alberi ai margini della strada sterrata erano appena macchie verdi che gli schizzavano a fianco e le ruote della bici cigolavano in maniera preoccupante, ma lui non aveva la minima intenzione di rallentare.

Era in ritardo. Di certo i suoi amici erano già arrivati al posto segreto, e di certo Francesca si stava già lamentando, chiedendo dove caspita si fosse cacciato. Il ragazzino sbirciò l'orologio al polso, evitando appena in tempo una buca. Sì, era proprio tardissimo...

Pedalò ancora più veloce e fece l'ultima curva in sgommata, lasciandosi dietro una nuvola di polvere e pietruzze.

«Ecco Pingu!» gridò una voce.

Era Deku. Lorenzo smontò al volo dalla bici e la lasciò cadere accanto a un albero. Si sistemò gli occhiali e corse verso gli altri. Lì, nel loro posto segreto, valeva la regola dei soprannomi. Niente Lorenzo, Francesca, Vincenzo eccetera... Quelli erano i loro noiosi nomi normali, buoni per la scuola. Nel bosco erano liberi di chiamarsi come volevano.

«Sei in ritardo!» disse Franpesca.

La ragazzina sbucò da dietro un albero, con in mano la sua macchinetta istantanea, e subito gli scattò una foto a tradimento, come al solito.

Pingu alzò gli occhi al cielo. «Sì, lo so».

I suoi cugini Asta e Deku, fermi accanto al sentiero, gli rivolsero uno sguardo divertito. Il primo era seduto a gambe incrociate su una roccia e giocherellava con un paio di pigne, mentre il secondo stava in piedi a trafficare col tablet.

«E mi hai pure fatto venire la foto mossa!» continuò Franpesca, guardando accigliata il suo ultimo scatto.

Pingu sospirò sonoramente.

«Scusa, Fra'» rispose in automatico. Conosceva l'amica abbastanza bene da sapere che era meglio non contraddirla.

Deku intanto aveva finito di armeggiare col tablet e se l'era infilato nello zainetto.

«Ragazzi, muoviamoci o ce la perdiamo» disse, «ci restano circa venti minuti, prima dell'ora X».

Franpesca annuì e Asta saltò giù dalla sua roccia mimando il saluto militare.

Pingu gettò un'occhiata intorno. «Ma non manca Tonno?»

«È andato avanti» rispose Asta. «Doveva *fare una cosa*» aggiunse, accennando col capo verso Franpesca.

Pingu scrollò le spalle. Se si trattava dell'ennesimo tentativo di Tonno di far colpo sulla sua amata, non voleva saperne niente...

S'incamminò con gli altri verso il folto del bosco.

Il sole filtrava implacabile tra le chiome degli alberi, illuminando a chiazze il sentiero e l'allegro gruppo di amici che avanzava di buon passo.

Deku, il capofila, portava un simpatico berretto giallo sulla faccia allungata e uno zainetto verde scuro sulla schiena. Lo seguiva Franpesca, con l'inseparabile macchinetta fotografica appesa al collo. I suoi capelli corti e rossi spiccavano tra il verde degli alberi come una fragola matura.

Un po' più indietro c'era Pingu, che strusciava i piedi e si spostava di continuo il ciuffo dalla fronte sudata, ancora col fiatone per la pedalata di poco prima.

Chiudeva il gruppetto Asta, saltellando, i riccioli scuri a ballonzolargli sulla testa.

I passi degli amici e il verso delle cicale erano gli unici rumori che risuonavano nell'aria.

«Ehi, la volete sentire una battuta?» chiese d'un tratto Asta.

Il ragazzino aveva quasi superato il proprio record personale, restando in silenzio per addirittura dieci minuti. Ovviamente non ricevette risposta. Tanto era inutile: niente e nessuno poteva impedire ad Asta di fare una delle sue famose battute!

«Sapete cosa fa un boscaiolo se gli porgi le tue scuse?»

Il ragazzino fece una pausa a effetto.

«Le accetta!» concluse poi con entusiasmo.

Deku si limitò a scuotere la testa, senza nemmeno voltarsi, mentre Franpesca allungò addirittura il passo, sbuffando. Succedeva sempre così: ogni tentativo di Asta di far ridere finiva seguito dal silenzio degli altri.

«Dai, era carina!» insistette Asta. «*Accetta... Boscaiolo...* fa ridere!»

A quel punto anche Pingu accelerò, lasciando indietro il cugino ancora intento a spiegare la battuta.

Cominciava a fare caldo davvero e ora, al canto delle cicale, si era aggiunto il mormorio dell'acqua. Erano quasi arrivati.

Trovarono Tonno seduto sul ponticciolo di pietra, le lunghe gambe penzoloni sopra al fiume. Appena li vide arrivare, scattò in piedi e recuperò qualcosa da dietro la schiena.

L'attimo dopo era già di fronte a Franpesca e le allungò un grazioso mazzo di fiori appena raccolti.

«Ti piacciono?» disse con un sorriso raggiante.

«Mhm» rispose lei. «Avrei preferito anche qualche fiore blu».

Tonno abbassò lo sguardo sul mazzetto arancione e giallo che stringeva tra le mani. E adesso?

Era sempre stato il più alto e ben piazzato del gruppo, eppure Franpesca riusciva puntualmente a metterlo in difficoltà.

«Poi non è bello strappare i fiori così» continuò la ragazza. «Danneggi la pianta!»

«Oh».

Il sorriso sul volto di Tonno sparì.

«Sai cosa?» s'intromise Asta, mettendo una mano sulla spalla dell'amico. «Con questa storia dei fiori dovresti proprio... *piantarla*!»

Come al solito nessuno rise. A parte Asta, ovviamente, che s'interruppe appena il grosso pugno di Tonno gli arrivò dritto sul braccio.

«AHIA!»

Stavolta sia Deku sia Pingu scoppiarono a ridere di gusto, mentre Asta si metteva a rincorrere Tonno lungo il margine del fiume e, subito dietro, Franpesca li rimproverava per aver fatto cadere i suoi fiori. Intanto il sole si rifletteva sull'acqua in centinaia di puntini luccicanti e un leggero venticello faceva frusciare le foglie dei rami più alti.

«Dai, smettetela di fare gli scemi. È quasi ora!» li richiamò Deku.

Si tolse di dosso lo zaino tirando fuori l'attrezzatura che si era portato dietro.

«Fico!» esclamò Pingu avvicinandosi e adocchiando le carte da prestigiatore del cugino. «Mi fai di nuovo quel trucco? Quello del due di picche?»

«Non abbiamo tempo, ora. Prendi gli occhiali protettivi, piuttosto» disse secco Deku.

Il ragazzino, deluso, li afferrò di malavoglia. «Dobbiamo indossarli tutti?»

«Certo, a meno che qualcuno non preferisca bruciarsi gli occhi».

Anche gli altri si avvicinarono.

«Non capisco cosa c'è di tanto speciale in questa eclissi» si lamentò Asta, massaggiandosi il braccio nel punto in cui l'aveva colpito Tonno.

«C'è di speciale che la luna si metterà davanti al sole, oscurandolo *completamente*! E qui nel bosco non ci sono né lampioni né altro. Buio pesto in pieno giorno! Quando ti ricapita di vederlo?» gli fece notare Deku.

Asta alzò le mani. «Okay, mi arrendo!»

I ragazzini si sedettero sul bordo del vecchio ponte. Tutti avevano sul naso gli occhiali con le lenti scure e puntarono il cielo.

Il vento soffiava e scuoteva le chiome del bosco. Di tanto in tanto si sentiva un rumore di schizzi nel fiume.

«Quanto ci vuole?» chiese Tonno.

Deku incrociò le braccia al petto. «Dovrebbe cominciare a momenti».

«Lo avevo detto, io, che eravamo in anticipo» disse Franpesca.

«Ma se mi hai urlato contro perché sono arrivato in ritardo!» esclamò Pingu.

«Sapete cosa dice un orologio quando è in ritardo?»

«STA' ZITTO, ASTA!» risposero gli altri in coro.

Calò di nuovo il silenzio mentre il sole continuava a splendere come sempre sopra le loro teste.

«Pingu» disse Deku a bassa voce.

«Che c'è?»

«Controllati la tasca sinistra».

Pingu si rovistò addosso. «Cos… Ehi! È il due di picche! Come caspita hai fatto?!»

«Magia!»

Pingu aprì la bocca per ribattere ma Franpesca lo zittì.

«Ci siamo!» gridò.

La ragazza puntò un dito al cielo, dritto verso lo spicchio di oscurità che era appena comparso sul sole. Le cicale rumoreggiarono sempre di più e il vento soffiò più forte sollevando turbini di foglie e polvere.

Davanti ai loro occhi il cielo si fece buio e il sole si oscurò.

«Ma è normale che succeda così in fretta?» chiese Tonno, proprio mentre il sole veniva inghiottito del tutto dall'ombra della luna.

Ora nel cielo c'era solo un sottile anello luminoso.

Fu allora che il gruppo di amici si accorse di una nuova luce che filtrava tra gli alberi.

Pingu balzò in piedi per primo, subito seguito da Franpesca e Deku.

«Da dove proviene?» chiese.

«Dalla radura» sussurrò Franpesca. «E sta aumentando, guardate!»

«Ma cos'è?» intervenne Asta, con Tonno in piedi accanto a lui.

Tutti e cinque si guardarono l'un l'altro, le facce illuminate debolmente dalla misteriosa luce dorata.

«Andiamo a scoprirlo!» esclamò Pingu.

CAPITOLO 2

Nella radura

La luce proveniva dal centro esatto della radura.

Pingu e gli altri si fecero strada fra alberi, cespugli e radici, fino ad arrivare ai margini della grande distesa erbosa. Si fermarono a debita distanza dal bagliore dorato che pulsava come fosse il cuore del bosco stesso. Intanto il cielo era diventato di un grigio quasi nero e il vento insisteva a soffiare forte, urlando fra gli alberi e scuotendone con violenza i rami.

«Non credo dovremmo avvicinarci» mormorò Tonno.

Da qualche parte echeggiò il fragore di un tuono, eppure non c'erano nuvole sopra le loro teste... Il suono delle cicale era scomparso.

«Fifoni!» disse Pingu.

Scavalcò con un salto l'ultimo tronco che gli

sbarrava la strada, poi corse verso la luce. Poco dopo si ritrovò accanto Deku e Asta.

«Col cavolo, che ti lasciamo tutto il divertimento!» ansimò Asta.

A ogni falcata dei cugini, il bagliore aumentava e diminuiva a un ritmo crescente, finché, finalmente, ne raggiunsero il punto d'origine.

Fu allora che la luce si ridusse a un luccichio tra l'erba alta.

Pingu, Deku e Asta abbassarono gli occhi, immobili e silenziosi. Non erano affatto sicuri di ciò che stavano guardando...

«Sembrano delle uova» disse la voce di Franpesca alle loro spalle.

I tre sobbalzarono. Tra il vento e la corsa, non si erano accorti che la ragazza e Tonno li avessero già raggiunti.

«Tu non eri quello che non voleva avvicinarsi?» chiese Asta, fissando l'amico.

«Dove va lei, vado anch'io» rispose Tonno, con lo sguardo di chi era pronto ad alzare di nuovo i pugni.

Franpesca li ignorò e si chinò a terra. Scostò i fili d'erba più lunghi fino a scoprire cinque sfere dorate dalla forma un po' allungata.

Risplendevano quel tanto che bastava a illuminare gli amici.

«Hanno sopra delle incisioni» notò Deku, accucciandosi anche lui per guardarle da vicino.

Indicò delle linee sottili che s'intrecciavano sulla superficie degli oggetti.

«Non possono essere delle vere uova» aggiunse.

«C'è qualcosa di strano» disse Franpesca, passandosi una mano fra i capelli scompigliati dal vento. «L'eclissi è stata troppo veloce, e questo tempaccio non è normale. Forse dovremmo davvero... METTILO GIÙ!»

Impaziente, Pingu aveva afferrato una delle uova dorate.

«Fico» disse mentre l'oggetto si metteva a lampeggiare più degli altri. «Dai, prendetene uno anche voi! Ce n'è uno per ciascuno!»

Asta non se lo fece ripetere due volte e raccolse l'uovo più vicino, che prese a splendere più forte.

Franpesca si mise le mani sui fianchi. «Non sappiamo nemmeno cosa sono!»

Intanto anche Deku ne aveva afferrato uno. Era più curioso che impaurito mentre fissava l'oggetto misterioso.

«Magico» sussurrò il ragazzino alla vista della luce che gli pulsava fra le dita.

Solo Tonno era ancora titubante. L'ultima cosa che voleva era contraddire la sua amata Franpesca, eppure quel luccichio era così invitante... Sfiorò un uovo, e quello brillò tantissimo, proprio come gli altri. Allora il ragazzino si fece coraggio e lo strinse nel pugno.

Franpesca emise uno sbuffo contrariato e voltò le spalle all'ultimo uovo ancora tra l'erba.

«Siete dei cretini!» disse. «Non sappiamo cosa sono, non sappiamo perché brillano, non sappiamo da dove spuntano... non sappiamo niente di niente! Potrebbero essere pericolosi!»

Nessuno aprì bocca sotto gli echi dei tuoni lontani e il frusciare furioso degli alberi.

«Fra'» disse Pingu.

«Che c'è?»

«PRENDI!»

La ragazzina si girò appena in tempo per afferrare l'uovo dorato lanciato da Pingu. Un secondo di ritardo e l'avrebbe centrata in fronte.

«Cretino!» strillò lei sopra il fischio del vento, mentre anche il suo uovo cominciava a emettere lampi di luce intensi.

Ora tutti ne tenevano uno tra le mani. Cinque uova per cinque amici.

«Visto?» disse Pingu, con l'aria di chi la sapeva lunga. «Non è successo nien...»

In quel momento un boato si levò nella radura.

E non fu il vento, e nemmeno le chiome degli alberi che sbattevano tra loro. Fu come se il mondo intero, cielo e terra, si fosse messo a tremare.

Allora le uova dorate sprigionarono un bagliore che esplose in migliaia di scintille e il vento vorticò intorno al gruppo di amici, avvolgendoli in un turbinio di luci, foglie e fili d'erba.

Per pochi secondi, che ai ragazzini sembrarono lunghissimi minuti, il mondo non fu altro che luce e vento.

Quando Pingu riaprì gli occhi, il cielo era di nuovo azzurro e il bosco tutt'intorno era tornato più verde che mai. Anche il vento si era calmato.

«State tutti bene?» chiese.

«Sì, tante grazie! Lo avevo detto, io, di non toccare quei... *cosi*» rispose Franpesca.

«A dire il vero mi sento strano» disse Deku grattandosi la testa.

«Be', è normale, è stata un'esperienza... *illuminante*!»

«Oh, sta' zitto, Asta... Ehi, ma che cavolo è successo? Guardateci!» fece Tonno.

I cinque ragazzini si osservarono l'un l'altro e rimasero ammutoliti.

«Cosa...?»

Pingu non sapeva chi guardare, dato che ognuno di loro era cambiato in modo a dir poco incredibile!

Deku, che fino a poco prima era in maglietta e bermuda, ora indossava una tunica scura con tanto di mezzaluna ricamata sul petto e mantello lungo fino ai piedi. E i suoi capelli castani erano diventati d'un verde acceso!

Asta, invece, indossava uno strano costume con maniche a sbuffo e calzoni larghi, tutto verde a quadrettoni neri. In testa aveva la sua solita matassa di riccioli, che però non erano più neri bensì di un biondo chiarissimo.

Poi c'erano Franpesca e Tonno, ancora più strani degli altri due.

Lei vestiva un lungo abito dalla gonna ampia e morbida, decisamente da principessa, e i suoi capelli rossi erano anche un po' rosa e azzurri e arancioni... aveva una bizzarra chioma arcobaleno lunga fino ai fianchi!

Infine, Tonno ora sembrava molto più minaccioso, così ricoperto da una luccicante armatura medievale. Aveva addirittura una spada alla cintura, e i suoi soliti quattro peli sul mento erano diventati una vera barbetta ispida!

«Ragazzi, cosa caspita vi è successo?» chiese Pingu a bocca aperta.

«*A noi?*» rispose Franpesca, squadrandolo da capo a piedi.

Il ragazzino si osservò a sua volta e sbarrò gli occhi. «Ma sono vestito da...»

«Pinguino, sì» completò Asta per lui.

I ragazzini si guardarono intorno. Erano ancora circondati da erba, rocce e alberi. Non c'era traccia delle misteriose uova dorate: il portentoso tornado che si era scatenato le aveva strappate dalle loro mani in un batter d'occhio!

«Quindi? Tutto qui?» disse alla fine Pingu. «Erano tipo delle pietre magiche che servivano per... cambiare vestiti? Una gran fregatura!»

«Non credo siano cambiati solo i vestiti» disse Deku pensieroso. «Date un'occhiata al bosco».

Gli altri quattro seguirono il suo sguardo rivolto agli alberi nella radura.

In effetti sembravano più... folti. E non solo, sembravano anche molto più grandi e vecchi di quanto non fossero prima dell'eclissi e di quel vortice di luce! Anche l'erba era più alta e selvaggia di come la ricordavano. Perfino le macchie di muschio sui tronchi e sulle rocce parevano più grandi e numerose...

«Non è più un bosco» concluse Deku, mentre Asta si arrampicava su un albero vicino fino a raggiungerne il ramo più alto.

«Hai ragione!» gridò il ragazzino.

La sua testa riccioluta sbucò fuori dalle fronde.

«È una foresta!» gridò.

Rimasero tutti senza parole.

«E non è nemmeno il nostro problema più grande» aggiunse Asta.

Da quel ramo poteva vedere qualcosa che avanzava lungo la strada, tra il folto degli alberi.

Strinse gli occhi per mettere meglio a fuoco.

Erano uomini a cavallo, almeno una ventina.

Avevano armature, spade e mantelli.

E galoppavano dritti verso la radura.

Verso di loro.

CAPITOLO 3

Al castello

«Dobbiamo filarcela da qui!» esclamò Asta.

Si rituffò tra le foglie e passò su un ramo vicino, poi ancora su un altro più in basso.

«Ehm, Asta...» fece Pingu.

«No, credetemi» insistette l'altro scendendo. «Dobbiamo schizzare via!»

«Mi sa che è troppo tardi».

Con un ultimo balzo, Asta fu a terra e solo in quel momento si rese conto che suo cugino aveva ragione.

Cinque uomini a cavallo stavano già spuntando dagli alberi vicini.

«Fermi, in nome del re!» gridò uno di loro.

L'uomo spronò il suo destriero e raggiunse il centro della radura. Aveva addosso una bella armatura, simile a quella di Tonno ma con un tocco più regale. Foglie, ghirigori e altri ornamenti dorati gli scintillavano sull'elmo e sul petto. Era senza dubbio un cavaliere importante!

«Sono Sir Argent Fieralancia» disse, sguainando una spada lunga e luccicante. «Gran Cavaliere della valle e capo delle guardie reali».

L'apertura sull'elmo ne mostrava i grandi baffi e lo sguardo duro, freddo e affilato come l'arma che impugnava.

«Voi chi siete? Cosa fate nel cuore della foresta?»

D'istinto, Tonno si mise davanti a Franpesca per farle da scudo, ma lei gli mollò una spinta e lo spostò di lato. Poteva difendersi benissimo da sola! Allora il ragazzino inciampò nella spada che portava alla cintola, ma riuscì comunque a non finire per terra.

I cinque amici si strinsero l'un l'altro, fissando impauriti la lama puntata nella loro direzione.

«Non stavamo facendo nulla» disse Pingu.

«Non sappiamo nemmeno dov'è che siamo» aggiunse Deku, accanto a lui.

Nel frattempo, anche altri cavalieri erano giunti, e altri ancora arrivarono dietro, accompagnati dallo scalpiccio degli zoccoli sull'erba e dallo sferragliare delle armature.

«Abbiamo visto il cielo diventare nero e un lampo di luce provenire da questa radura» continuò Sir Argent. «Si direbbe un sortilegio».

«Ma non siamo stati noi!» ribatté Franpesca. «Non siamo maghi!»

Il Gran Cavaliere puntò la sua spada lucente verso Deku. «Lui lo sembra» disse.

Il ragazzino abbassò gli occhi sulla sua tunica e sulla mezzaluna dorata ricamata sopra. In effetti...

«Be', ma non lo sono» si affrettò a dire. «Lo giuro!»

Sir Argent mugugnò sotto i baffi e squadrò i cinque amici dalla testa ai piedi.

«Si vedrà» disse alla fine abbassando la spada, poi si voltò verso i suoi uomini. «Date loro dei cavalli. Li scorteremo al castello, al cospetto del re».

La sua voce risuonò come lo schiocco di una frusta e alcuni cavalieri si affrettarono a smontare dal proprio destriero.

Pingu tirò un sospiro di sollievo.

«Poteva andare peggio» sussurrò agli altri.

«Eh... ma ora ci tocca andare con loro» disse Asta.

Deku scrollò le spalle. «Sempre meglio che farci infilzare subito, no?»

«Anch'io ho una spada» intervenne Tonno sottovoce, titubante.

«Peccato che non la sai usare!» disse Franpesca.

In quel momento un paio di cavalieri lanciarono delle occhiatacce nella loro direzione e fecero per avvicinarsi, così i ragazzini si zittirono all'istante. Era meglio non attirare oltre l'attenzione...

Il sole ormai era alto e brillava con forza nel cielo spruzzato di nuvole.

A Pingu pareva impossibile che poco prima ci fossero state sia l'eclissi sia quella strana tempesta. Non era rimasto nemmeno uno spicchio d'ombra, né un alito di vento! Anzi, il cinguettio degli uccellini aveva preso il posto del canto delle cicale. Sul suo destriero color nocciola, il ragazzino si guardava intorno. Più procedevano lungo quella che doveva essere la strada principale, più si rendeva conto che il boschetto era davvero diventato un'enorme foresta. Non aveva mai visto tanti alberi tutti insieme...

Ma com'era possibile?

Suo cugino Deku era dietro, sulla sua stessa sella, mentre Tonno, vista la stazza e l'armatura, era stato fatto salire su un cavallo tutto per sé. Asta e Franpesca, invece, trottavano insieme in groppa a un destriero bianco molto elegante.

«La prossima volta che vi dico di non toccare qualcosa» sbottò lei, «farete meglio a darmi retta!»

«Hai ragione, scusa!» disse subito Tonno.

«Sì, Fra'» risposero in coro i tre cugini.

«E non ditemi 'sì' solo per farmi contenta!»

«Sì, Fra'» dissero di nuovo.

La ragazzina sbuffò, gettando indietro i capelli multicolore con aria seccata. Non era affatto abituata a portarli tanto lunghi!

Cavalcarono per parecchio tempo in silenzio, con Sir Argent Fieralancia ad aprire la strada e il resto dei cavalieri alle loro spalle. Finché gli alberi si fecero più radi e la foresta lasciò il posto alla campagna. La strada, da sterrata, si fece di pietra e in lontananza spuntarono monti e colline.

Poi, dopo una lunga salita, il gruppo a cavallo superò un piccolo colle erboso.

«Cavoli!» disse Pingu con la bocca aperta dallo stupore.

«Magico!» gli fece eco Deku alle sue spalle.

Laggiù, in fondo alla vallata, ecco il castello! Sorgeva proprio al centro di un grande lago. Le mura di pietra, le torri alte e a punta, le grandi porte di legno... Era proprio come essere dentro un videogioco ambientato nel Medioevo!

«Forza!» urlò il capo delle guardie. «Siamo vicini!»

L'intero gruppo accelerò il passo in un fragore di zoccoli e nitriti.

Giunti in prossimità del castello, i cinque amici rimasero imbambolati. Pingu sgranò gli occhi mentre la bocca di Deku si spalancava insieme al ponte levatoio e Asta fissava col naso all'insù gli arcieri di guardia sulle mura.

Furono condotti all'interno. Franpesca percorse le sale sbirciando ogni ritratto, ogni arazzo e ogni candelabro. Invece Tonno non poté fare a meno di fissare affascinato tutte, ma proprio tutte, le armature esposte nei corridoi, così lucide da sembrare finte... e per un po' dimenticò tutte le preoccupazioni!

Poi finalmente giunsero al cospetto del re, nell'imponente sala del trono.

Era una stanza enorme, tanto alta che la luce delle candele non arrivava a illuminarne il soffitto. Scudi, spade e stendardi decoravano le grigie pareti di pietra.

«Quindi voi siete gli stranieri della foresta» echeggiò fiera la voce del sovrano.

«Sì, Maestà» dissero i ragazzini, chinando il capo.

Franpesca accennò anche una riverenza, sollevando appena la gonna, proprio come aveva visto fare nei film.

«Mi dicono anche che vi trovavate nel luogo in

cui il cielo è divenuto scuro, prima del risplendere di un misterioso bagliore» continuò il re. «Opera della magia, senza dubbio».

Aveva un'espressione severa, in parte nascosta dalla folta barba nera. Due occhi azzurri e penetranti brillavano sotto la corona dorata.

«Ma non è stata opera nostra» disse Pingu. «Nemmeno noi sappiamo cosa sia successo».

«È vero!» intervenne Asta. «Ci prendesse un colpo se sappiamo com'è andata!»

Tonno gli diede una gomitata.

«Ahia... Che c'è?»

«Non si parla così a un re!» gli sibilò all'orecchio.

Il sovrano sollevò una mano e i due tacquero.

«È il momento che vi spieghiate» disse ancora più solenne. «Raccontatemi gli avvenimenti della foresta, così che io possa decidere se siete amici o nemici».

Pingu aprì la bocca, seguito dai suoi cugini Deku e Asta, ma Franpesca fu più veloce di tutti e tre.

«Parlo io» disse.

E la sua occhiataccia fece capire agli altri che non dovevano azzardarsi a replicare. Fece un passo avanti e prese a raccontare.

Spiegò dell'eclissi, del bosco e della strana luce

che avevano visto fra gli alberi. Poi descrisse la radura, le uova dorate e il vento che li aveva travolti. Finì raccontando della trasformazione, di quegli abiti che non erano affatto i loro e di come anche il bosco, e tutto il resto, non fosse più come era prima.

«Interessante» s'intromise una nuova voce.

Da dietro il trono emerse la figura di un vecchio. Aveva una lunga barba bianca e indossava una tunica molto simile a quella di Deku, ma con ricami più intricati. Stringeva un grosso bastone nodoso, più alto di lui, con un grande cristallo incastonato sulla punta.

Pingu scambiò uno sguardo interrogativo con Deku. C'era già, quel vecchio, quando erano entrati lì?

«Lasciate che vi presenti il nostro mago di corte» disse il re.

Il vecchio avanzò ancora, aiutandosi col bastone, finché non fu di fronte ai cinque ragazzini.

«Allora, mago, dicono il vero?» chiese il sovrano.

«Oh, ritengo di sì, Sire» rispose un po' rauco.

Il volto del vecchio era segnato da rughe lunghe e profonde, come la corteccia di un albero millenario, e i suoi occhi erano di un giallo splendente.

«Ma c'è di più».

Allungò il bastone sulle teste dei giovani amici e il suo cristallo emise un lampo di luce azzurrina per ognuno di loro.

«Voi provenite da un altro mondo» disse con tranquillità. «E se non vi farete ritorno al più presto, rimarrete bloccati qui».

«Cosa? Ma è assurdo!» disse Tonno.

Pingu si voltò a guardarlo. «Perché? Non era già assurdo trovarsi in un castello medievale a parlare con un mago?»

«Tutto per colpa di quelle stupidissime uova!» esclamò Franpesca.

Il mago scosse la testa.

«Non erano semplici uova» spiegò. «Erano le Mistiche Pietre di Om, manufatti magici tanto antichi quanto potenti... possono abbattere le sottili barriere dello spazio e del tempo, aprendo varchi fra i mondi».

Il mago puntò nuovamente il bastone verso Pingu e i suoi amici.

«Le pietre non vi hanno solo fatto penetrare in questo mondo, ve ne hanno anche dato l'aspetto. Non siete più quelli che eravate!» li avvertì, poi si mise a scrutare nelle profondità del suo cristallo, che si accese di nuovi riflessi colorati. «Ora tra di voi c'è un cavaliere. E un apprendista mago. Un buffone. Una principessa, perfino».

Il cristallo divenne blu intenso. Per un attimo fu così scuro da sembrare nero.

Il mago si rivolse a Pingu.

«E un eroe, forse» disse alla fine, fissandolo coi suoi occhi gialli. «Però fate attenzione: più rimarrete in questo mondo, giovani visitatori, più le vostre menti ne prenderanno la forma. Diverrete ciò che adesso sembrate, e dimenticherete tutto delle vostre vecchie vite».

Pingu si grattò la testa. La prospettiva era decisamente pessima.

«Come facciamo a tornare a casa, quindi?» chiese.

«Questa» rispose il mago «è un'ottima domanda».

CAPITOLO 4

UN MAGICO AIUTO

Considerando la singolare situazione, il re li affidò alle cure del mago, che fece strada verso la sua biblioteca personale. I cinque ragazzini lo seguirono senza battere ciglio.

Camminarono lungo infiniti corridoi di pietra, costellati da armature e torce fiammeggianti, e giù per tortuose scale a spirale piene di spifferi.

Fino a una stanza immersa nell'oscurità.

Il mago schioccò le dita ossute e decine di candele si accesero all'istante, gettando tutt'intorno una morbida luce dorata.

La biblioteca era piccola e tonda, con un tavolo stracolmo di libri e pergamene. In un angolo spiccava un calderone e, accanto, file di bottiglie e fiale dalle forme bizzarre.

«Entrate pure» disse il vecchio, prendendo posto dietro al tavolo.

Si mise a rovistare fra le sue carte, così Pingu e gli altri si fecero avanti, attenti a non urtare nulla.

Deku ruotò la testolina verde a destra e a sinistra come un gufo curioso. Le pareti della stanza erano piene zeppe di mensole e scaffali con sopra grossi libri dalle copertine misteriose e dalle pagine ingiallite.

«Magico!» sussurrò.

«In effetti lo è» annuì il mago, senza smettere di muovere le lunghe dita da un foglio all'altro. Arrotolò qualche pergamena, chiuse il tomo che aveva di fronte e afferrò un paio di volumi dalla pila di libri accanto a lui.

Intanto Franpesca si era fatta piccola piccola tra Tonno e Asta. Ogni minimo movimento, in quella stanza, sollevava tonnellate di polvere e il suo vestito da principessa, per quanto bello, doveva ammetterlo, era anche parecchio ingombrante. Rischiava di scatenare nuvole polverose a ogni passo! E poi c'erano quei ragni che aveva visto zampettare qua e là...

«Ecco ciò che cercavo!» disse il mago di corte,

piantando l'indice su una delle pagine che aveva sotto al naso. Poi sollevò il capo verso i ragazzini.

«Per aprire un nuovo varco verso il vostro mondo, dovrete riunire nuovamente le Mistiche Pietre di Om nel preciso punto in cui lo avete fatto la prima volta».

Asta alzò il mento. «Be', non sembra difficile».

«E dovrete farlo durante un'eclissi» aggiunse il mago.

«Ah».

«Che avverrà esattamente fra due giorni» concluse il vecchio.

Chiuse il suo libro con uno sbuffo polveroso e i cinque amici si scambiarono un'occhiata scoraggiata.

«Non ce la faremo mai, in così poco tempo» disse Tonno.

«Sì, invece!» rispose Pingu. «Possiamo riuscirci! Dobbiamo solo capire come ritrovare le pietre».

Il mago sorrise. «In questo posso esservi d'aiuto».

Afferrò nuovamente il suo fidato bastone e tornò dall'altra parte del tavolo, di fronte ai ragazzini. Il cristallo sulla punta dell'oggetto riprese a lampeggiare.

«Credo che abbiate portato qualcosa dal vostro

mondo, a parte voi stessi» disse il mago. «Il mio cristallo ne percepisce l'energia».

Pingu si rovistò addosso e lo stesso fecero gli altri anche se quelli non erano nemmeno i loro vestiti, per cui era impossibile che...

«Ehi!» esclamò Deku, pescando qualcosa da sotto la tunica. «Il mio mazzo di carte!»

«E io ho la mia penna» disse Tonno, tirandola fuori dall'armatura. «Quella che uso per...»

Si morse la lingua e divenne paonazzo. Stava quasi per dire a tutti che scriveva poesie per Franpesca!

Intanto anche Asta aveva ritrovato il suo giochino per dare la scossa, e Franpesca si era accorta di avere ancora con sé la macchinetta fotografica, infilata sotto strati e strati di gonna.

«Io ho il cellulare...»

Pingu lo disse senza staccare gli occhi dal telefono. Era talmente stupito che per un attimo pensò pure di chiamare qualcuno, poi scosse le spalle dandosi dello sciocco. Si trovavano in un mondo medievale, non c'era di certo la rete telefonica!

Posarono gli oggetti sul vecchio tavolo di legno, mentre il cristallo del mago brillava ancora più forte.

«Proprio come sospettavo» disse il vecchio.

Si lisciò la lunga barba bianca, chiuse gli occhi e alzò il bastone sopra la testa. Fece un unico, ampio movimento circolare con le braccia e i cinque oggetti si misero a vibrare mentre il bagliore sprigionato dal cristallo cresceva.

E cresceva.

E cresceva.

Pingu e gli altri furono costretti a chiudere gli occhi, tanto quel luccichio era insopportabile... Riaprendoli si trovarono una bolla fiammeggiante di luce blu a fluttuare davanti a loro. Era grande quanto un pallone.

«Wow» fece Asta.

«Cos'è?» chiese Franpesca allungando una mano, senza toccarla.

«Un fuoco fatuo» rispose il mago di corte. «Intriso dell'energia dimensionale che era intrappolata nei vostri oggetti. La stessa energia che emanano le Mistiche Pietre di Om».

«E serve a...?» fece Pingu.

«Sarà la vostra guida» disse il vecchio. «Per il momento seguirà i vostri oggetti, ma quando percepirà una delle pietre diventerà violetto. A quel punto il fuoco fatuo si muoverà per raggiungerla, e voi non dovrete far altro che seguirlo».

«Magico!» esclamò Deku, che non riusciva a staccare gli occhi dalla fiamma galleggiante.

«E c'è dell'altro» disse il mago. Fece cenno ai ragazzini di riprendere i propri oggetti, poi voltò loro le spalle e batté per tre volte il bastone sul pavimento.

Il muro di pietra dietro al tavolo si dissolse, rivelando un'altra porta.

«Seguitemi».

Dopo aver percorso una stretta scalinata a chiocciola, ecco la stanza segreta. Era uno spazio chiuso, senza porte né finestre, illuminato solo da quattro torce che bruciavano con una misteriosa fiamma bianca.

«Fuoco sempiterno» spiegò il mago, anticipando la domanda di Deku.

Pingu batté le palpebre. Ormai si era abituato alla baraonda della biblioteca, invece quella stanza era decisamente diversa. C'era un unico oggetto, proprio al centro, circondato da muri di pietra: un baule d'argento.

«Qui è dove custodisco quegli oggetti tanto preziosi da dover essere tenuti nascosti».

I ragazzini si avvicinarono al mago che si chinò e fece scattare la serratura del baule.

Per primo tirò fuori uno scudo. Grande, di ferro chiaro, lucido e ornato da foglie di bronzo.

«Questo è per te, prode cavaliere» disse il vecchio, porgendolo a Tonno.

Il ragazzino prese lo scudo fra le mani, esitante

ma eccitato. Era la cosa più bella che avesse mai toccato!

«Hai già una spada, ma con questo scudo incantato potrai tenere al sicuro le persone che ami» continuò il mago. Nel dirlo si soffermò con lo sguardo su Franpesca che fece un passo avanti.

«Per te, gentil principessa, sempre così sicura dell'obiettivo» sorrise il vecchio, «ecco un arco e una faretra piena di frecce infinite. Usale con saggezza. Legno di tasso e piume di fenice: non sbaglieranno un colpo!»

Franpesca osservò l'arma, facendo scorrere la punta del dito sulla piuma di una freccia. Era morbida e stranamente calda.

«Per il buffone, colui che ha il difficile compito di portare gioia nel mondo, un'arma che possa anche divertire» riprese il mago. Lanciò ad Asta tre sfere, grosse come arance, e lui le afferrò al volo. «Farle ruotare fra le mani è difficile quasi quanto far ridere, ma tu usale per colpire i tuoi nemici e io ti garantisco che queste sfere torneranno sempre da te».

Il vecchio rovistò ancora, accanto a lui Pingu e Deku fremevano d'impazienza.

«Cosa c'è per me?» chiese quest'ultimo. Non stava più nella pelle...

«Pazienta, apprendista mago, e sarai ripagato» rispose il mago di corte, ancora intento a pescare dal fondo del portentoso scrigno. «Ecco qui. Per chi ha sempre desiderato la magia: i guanti mistici, per rafforzare i tuoi incantesimi, e il mantello arcano, per librarti nell'aria, anche se solo per pochi istanti».

Deku infilò subito i guanti. Erano rosso scuro, di pelle, con un cristallo incastonato sul dorso. Poi si gettò sulle spalle il mantello, dello stesso colore, che svolazzava leggermente anche se nella stanza non c'era un alito di vento. Era senza parole!

«*Dulcis in fundo*» annunciò il mago, e Pingu si fece avanti.

«Per l'eroe dal destino incerto».

Il mago tirò fuori un bastone da combattimento e Pingu notò che era lungo, troppo lungo per poter stare in un normale baule...

«Un'arma per attaccare e per difendere, per superare gli ostacoli e per sbarrare il cammino. Flessibile, ma indistruttibile».

Il vecchio soppesò il bastone sul palmo della

mano rugosa, tenendolo dritto davanti agli occhi del ragazzo.

«Un'arma in perfetto equilibrio tra luce e ombra, che può pendere da una parte o dall'altra».

Pingu afferrò il bastone e nel farlo avvertì un brivido lungo la schiena. C'era qualcosa, nello sguardo del mago, che non gli piaceva affatto.

«Cos'è che non ci stai dicendo?» chiese il ragazzino.

Il vecchio rimase in silenzio, gli occhi persi nel vuoto, come per cercare le parole giuste.

«Vedo un'ombra» disse alla fine. «Su di te. Su tutti voi, in realtà... Qualcosa di sinistro, una forza potente. Forse proprio quella che vi ha fatti arrivare qui».

Chiuse gli occhi, il volto rugoso corrucciato dallo sforzo. Poi li riaprì di colpo.

«Non riesco a vedere altro. Va oltre i miei poteri» sussurrò. «Ora è meglio che andiate. Avete davanti a voi una lunga avventura!»

CAPITOLO 5

ATTENTI AI GOBLIN

Pingu e i suoi amici si prepararono subito per partire alla ricerca delle pietre. Nel castello c'erano decine di camere con morbidi letti di piume su cui riposare ma il mago di corte non volle sentire ragioni: dovevano tornare nel loro mondo il prima possibile. Ogni minuto era prezioso, non c'era tempo da perdere!

«Andate allora, avrete delle valide cavalcature per l'impresa che vi attende» disse infine il re.

E così, poco dopo, i ragazzini furono in marcia sulla strada maestra, in sella ai cinque destrieri donati dal sovrano.

«Quindi, qual è il piano?» chiese Asta, spronando il cavallo per affiancarsi ai suoi cugini.

Intorno a loro solo i campi e il canto di qualche grillo.

«Il mago ha consigliato di tornare verso la foresta» rispose Deku. «Dice che le pietre dovrebbero essere abbastanza vicine a dove le abbiamo perse».

«Dipende cosa intende lui per 'abbastanza vicine'» disse Pingu. «A proposito, come mai ha voluto parlarti da solo, prima?»

«Oh, niente...» Deku scosse la testa. «Mi ha fatto vedere un paio di trucchi da fare con questi guanti». E sollevò felice la mano destra ammirando, per la milionesima volta, il cristallo magico sul guanto.

Intanto il fuoco fatuo svolazzava da uno all'altro come un'ape sui fiori.

Pingu si voltò a controllare che Franpesca e Tonno non fossero rimasti indietro. Il cavaliere, un po' troppo grande per il suo ronzino, sobbalzava tutto e la sua armatura sferragliava a ogni singolo trotto. La principessa invece sembrava una cavallerizza nata! Procedeva sicura e disinvolta, a parte i lunghi capelli che le finivano davanti agli occhi di continuo.

«Ma non è strano?» chiese Tonno a gran voce, in modo che lo sentissero anche i tre amici più avanti.

«Cosa?» fece Franpesca sistemandosi dietro le orecchie l'ennesima ciocca ribelle.

«Che d'un tratto sappiamo cavalcare... Voi lo avevate mai fatto, prima?»

Nessuno dei ragazzini ci aveva fatto caso. In effetti erano saltati in sella senza troppi problemi. Pingu non era nemmeno mai stato in un maneggio, eppure sapeva perfettamente cosa fare con briglie e staffe.

«Dev'essere qualcosa che i 'nuovi noi' sanno fare» rifletté Deku. Rallentò appena, cosicché gli altri due lo raggiungessero.

«Quali 'nuovi noi'?» chiese Asta, rallentando a sua volta.

«Ce l'ha spiegato il mago. E me lo ha anche ripetuto prima di partire» rispose Deku. «Quando siamo stati catapultati qui, è come se fossimo diventati personaggi di questa specie di mondo medievale. Cavaliere, apprendista mago, principessa... più tempo passa e più emergono le caratteristiche dei nostri personaggi. Probabilmente loro sanno cavalcare».

«Mhm» fece Pingu. «Sì, ha senso».

Tonno corrugò la fronte. «Se lo dite voi».

Per un po' cavalcarono tutti e cinque fianco a fianco.

«Magari ci farà comodo qualche talento in più»

valutò Franpesca. «Certo, se non consideriamo il piccolissimo particolare che potremmo perdere tutti i nostri vecchi ricordi!» aggiunse con tono ironico.

«Su, non è detto!» disse Pingu. «Non se ci sbrighiamo».

La ragazzina annuì poco convinta. Nel frattempo, in lontananza, comparve davanti a loro la foresta.

«Io le mie battute le ricordo ancora, se volete» propose allegro Asta.

Gli altri lo ignorarono come al solito.

E lui prese un profondo respiro, poi disse: «Sapete perché un cavaliere si porta sempre dietro la sua spada?»

Pausa a effetto.

«Perché *l'ama*».

Gli altri diedero un colpo di staffe e partirono al galoppo, lasciando il buffone in un nuvolone di polvere.

«Eddai... questa faceva ridere però!»

Asta sbuffò e si diede una mossa per raggiungere i suoi amici.

Accadde all'improvviso.

Il fuoco fatuo, che aveva sempre brillato di luce

blu, in un attimo divenne una vivida fiamma violetta e l'attimo dopo schizzò tra il folto degli alberi.

Pingu saltò giù da cavallo. «Presto, o lo perdiamo!» urlò mettendosi a correre.

«Tonno, lega i cavalli da qualche parte» disse Deku, prima di lanciarsi anche lui all'inseguimento.

«Aspettatemi!» gridò Asta che stava già correndo, il cavallo abbandonato sul bordo della strada.

Così i cugini si addentrarono nella foresta seguendo il bagliore viola che zigzagava davanti a loro. Il terreno era irregolare, rocce e radici intralciavano il passaggio, ma i tre riuscirono comunque a star dietro al fuoco incantato.

Giunsero sulla riva di un fiumiciattolo che s'insinuava tra gli alberi, e di nuovo all'improvviso la luce scomparve dietro un grande tronco spezzato, sull'altra sponda.

Pingu si guardò intorno. Doveva pur esserci qualcosa da usare per superare il corso d'acqua. Nella fretta aveva lasciato il suo nuovo bastone legato alla sella...

«Forse abbiamo un problema» ansimò Asta, esausto dopo la corsa.

Indicò un cartello di legno ficcato per terra con un paletto.

C'era una scritta con grandi lettere bianche.

'ATTENTI AI GOBLIN'.

«Che cavolo è un goblin?» chiese il buffone.

«Sono creature dei boschi e delle foreste» disse subito Deku. «Vivono sottoterra o in grotte molto umide. Si muovono in branco per cacciare e rubano tutto ciò che luccica, come fanno le gazze ladre».

Pingu, che stava ancora provando a capire quanto fosse profondo il fiume, si voltò a guardarlo. «E tu come accidenti fai a saperlo?»

«Io... non so... Mi è venuto così» balbettò il cugino. «Sono un apprendista mago, in fondo. Forse ora so questo genere di cose».

A quel punto un rumore sospetto tra le foglie attirò l'attenzione dei ragazzi.

«Ehi» disse Asta, impugnando le sue sfere da giocoliere. «Forse è meglio che...»

Da un cespuglio saltò fuori una figura minuta, vestita di stracci, che si piazzò davanti a loro.

E non era per niente un bel vedere! Pelle verde, grandi orecchie da pipistrello e braccia lunghe fino alle ginocchia. Nel pugno stringeva una mazza sulla quale era stata legata una pietra dall'aria affilata.

«Attenti!» avvertì Deku. «Quello è uno dei goblin del cartello!»

«Be', siamo pur sempre tre contro uno» disse Asta, ma arretrò comunque di un passo.

Altri fruscii di foglie e scalpiccii risuonarono tutt'intorno.

In men che non si dica saltarono fuori altri quattro mostriciattoli verdi.

«Perché non chiudi mai la boccaccia?» sbottò Deku.

Pingu strinse i pugni, pronto allo scontro. «Piantatela di litigare, voi due!»

Quando il primo goblin partì all'attacco, l'apprendista mago gli puntò contro un dito, concentrandosi con tutte le sue forze.

Una saetta smeraldina partì dal cristallo sul suo guanto e colpì in pieno petto il mostriciattolo, che finì in un cespuglio.

Asta invece lanciò le sue sfere: colpì due goblin su tre, dritti in fronte. Al terzo tentativo, la sfera rimbalzò su un ramo, mancando il bersaglio di un palmo. Eppure, una volta al suolo, tutte e tre le sfere rotolarono magicamente verso il proprietario, tornando subito tra le sue mani.

Pingu era l'unico disarmato e non poteva fare

granché, così si limitò a schivare il primo colpo d'ascia e andò a ripararsi dietro la roccia più vicina. Come aveva potuto scordarsi il bastone!

«Pingu! Al volo!»

Era Tonno: il ragazzino in armatura stava correndo verso di lui e gli lanciò il bastone da combattimento come fosse un giavellotto. Pingu allora saltò fuori dal suo nascondiglio e, con un solo movimento, lo afferrò e colpì con forza la testa bitorzoluta di un goblin.

«Wow» fu il commento di Asta, rimasto immobile a fissarlo.

«Alle spalle!»

Il buffone si abbassò con una capriola e si voltò rimettendosi in piedi. Lanciò tutte le sue sfere, colpendo la creatura sul naso, sul mento e sulla spalla. E non aveva nemmeno preso la mira!

Il mostriciattolo crollò al suolo con un tonfo.

Alla fine, i tre cugini si ritrovarono circondati da quattro goblin storditi. Il quinto, quello fulminato da Deku, non era più riemerso dal suo cespuglio.

Tonno si avvicinò a loro con la spada sguainata, anche se ormai serviva a ben poco.

«Mi dispiace averci messo tanto, ragazzi» si scusò. «Ho stretto bene i nodi per non far scappare i cavalli».

Pingu sorrise. «Direi che ce la siamo cavata lo stesso».

«Già» annuì Deku, che ancora si fissava con meraviglia la punta del dito.

«Ma Franpesca?» chiese Asta.

«Quando avete finito di giocare alla lotta, io qui avrei trovato qualcosa di interessante».

Eccola! Ed era già passata sull'altro lato del

fiume! Non solo: se ne stava anche comodamente seduta sul grande tronco spezzato e li fissava come fossero quattro bambini che stavano lì a perder tempo.

Pingu strinse gli occhi. C'era dell'altro.

Il fuoco fatuo, ancora tinto di viola, galleggiava tranquillo sulla spalla della principessa.

CAPITOLO 6

IL GOLEM

Pingu e gli altri, trovato un punto dove l'acqua era più bassa, raggiunsero Franpesca e finalmente videro anche loro ciò che aveva scoperto l'amica: in realtà il tronco spezzato era un albero cavo! E l'apertura nella sua corteccia lasciava intravedere un mucchio di oggetti scintillanti.

«Ci sono delle monete» disse Franpesca. «E anche dei medaglioni. Pure delle gemme, mi pare» aggiunse, sbirciando ancora all'interno dell'albero.

«Dev'essere il bottino dei goblin» intervenne Pingu. «Hai detto che collezionano cose che luccicano, giusto Deku?»

«Già» confermò l'apprendista mago. Si avvicinò per vedere meglio. «A pensarci bene, potrebbe anche esserci una Pietra di Om, lì dentro».

Dopo quelle parole, il fuoco fatuo fece un giro

completo intorno al vecchio albero poi si fermò a fluttuare accanto alla breccia nel suo tronco. Deku aveva ragione!

«Lasciate fare a me!» esclamò Asta.

Si fece spazio fra Deku e Pingu e infilò un braccio dentro l'albero, mettendosi a rovistare sempre più verso il basso. Ormai aveva una guancia schiacciata contro la corteccia ma così poteva toccare anche gli oggetti più in fondo.

«Mmmh» mugugnò. «Troppo piccolo... troppo grande... AHIA! Troppo *appuntito*!»

Intanto Tonno puntò la spada verso la foresta che li circondava, dietro ai suoi amici. Meglio mettersi di guardia, ci mancava solo che spuntassero altri goblin a difendere il proprio tesoro!

«Insomma, c'è o no?» sbottò Franpesca, picchiettando col piede sul terreno.

«Ecco!» esclamò Asta d'un tratto. «Forse...» Corrugò la fronte nello sforzo di estrarre l'oggetto che aveva afferrato. «... ci... siamo!»

Con uno strattone, il buffone si staccò dall'albero e finì gambe all'aria. Intanto l'oggetto misterioso gli sfuggì di mano.

Qualcosa di tondo e dorato tracciò un arco sopra le teste degli amici per poi ricadere al suolo.

La Mistica Pietra di Om rotolò sull'erba.

Svelto, Tonno rinfoderò la spada e inseguì l'uovo d'oro finché si fermò contro una radice sporgente. A quel punto il cavaliere si chinò per raccoglierlo ma fece subito un balzo indietro.

«Che succede?» chiese Pingu, arrivando di corsa accanto a lui.

«Quella roccia si è mossa» disse Tonno.

Pingu la osservò, però non notò nulla di strano. Anzi, sembrava una delle tante pietre coperte di muschio che spuntavano dal terreno...

Anche Deku, Asta e Franpesca li raggiunsero.

«Vi dico che si è mossa!» insistette il cavaliere.

Franpesca lo guardò scettica. «Te lo sarai immaginato...»

D'un tratto la roccia si staccò dal terreno con uno scossone e prese a galleggiare a mezz'aria.

Pingu sbarrò gli occhi. «Ma cosa...!?»

Un movimento fra i cespugli li fece sobbalzare. Dalle foglie emerse una seconda roccia, un po' più piccola, che si unì alla prima.

E poi dall'erba sbucarono alcuni sassi e schizzarono anche loro verso la roccia fluttuante. Uno mancò per un soffio l'orecchio di Asta, mentre un altro passò fra le gambe di Deku.

Franpesca lanciò uno strillo mentre un terzo sasso le sfrecciava davanti al naso.

Sotto gli occhi spalancati dei cinque amici, ogni roccia vicina andò a incastrarsi con le altre, come fossero i pezzi di un enorme puzzle.

Pingu fissò con attenzione l'ammasso che andava formandosi e riconobbe una testa, due braccia, due gambe... In breve lui e i suoi amici ebbero di fronte un autentico gigante di pietra!

Era largo quanto una porta e alto almeno il doppio di ognuno di loro.

I ragazzini indietreggiarono.

E ora?

Tonno mise una mano sull'elsa della spada, mentre Franpesca incoccò una freccia sul suo arco. Anche Pingu si preparò al peggio, stringendo le mani intorno al bastone da combattimento.

«Secondo voi che intenzioni ha?» chiese Asta.

«Temo che lo scopriremo presto» rispose Deku, accanto a lui.

Il gigante spalancò gli occhi rocciosi.

«DISTRUGGERE» disse.

La sua voce era bassa, profonda. Rimbombava come l'eco dentro una caverna.

«Ecco, appunto» fece l'apprendista mago.

Pingu partì all'attacco per primo, sperando di sfruttare l'effetto sorpresa. Ruotò il bastone e colpì il ginocchio della creatura.

Niente, non si smosse di un millimetro.

Per fortuna il mago di corte aveva detto il vero: quel bastone era speciale, e invece di spezzarsi si piegò come gomma, tornando poi perfettamente dritto.

«Attenta, Pesca!»

Il gigante sollevò un braccio e lo abbassò sulla principessa, ma Tonno fu più veloce. Con un salto si mise davanti alla ragazzina e il suo scudo protesse entrambi dal pugno roccioso.

«SCHIACCIARE» grugnì ancora la creatura, calando un'altra mano. «ANNIENTARE».

Un terzo colpo possente si abbatté sul cavaliere e sulla sua amata.

«Questo sì che è uno scudo!» esclamò Tonno. In effetti nessuno dei due si era fatto nulla.

Nel frattempo, Deku e Asta lanciarono contro quell'ammasso di rocce le saette magiche e le sfere da giocoliere, che però rimbalzarono per terra e sugli alberi vicini... Fu tutto inutile.

Perlomeno il gigante era lento! Così Tonno e Franpesca, nella pausa tra un pugno e l'altro, riuscirono a mettersi al riparo dietro un albero caduto. Pingu e i suoi cugini li raggiunsero in un baleno.

Il mostro non li inseguì. Anzi, non mosse proprio un passo. Restò immobile come una statua qualunque, con la Mistica Pietra di Om che luccicava fra i suoi piedoni grigi.

«Deku, che creatura è quella?» chiese Pingu.

«Non lo so» rispose il cugino.

«Sì che lo sai, testa di broccolo!» insistette l'altro. «Sei un apprendista mago, ora: queste cose le sai per forza! Come con i goblin».

Pingu aveva ragione! Deku chiuse gli occhi e si prese la testa fra le mani, concentrandosi sulla creatura.

Cosa sapeva? Era un mostro fatto di pietra. Un mostro *invulnerabile* fatto di pietra...

«È tutta colpa tua, Asta!» disse Franpesca.

Gli diede un piccolo pugno sulla spalla.

«AHIA!»

«Così impari, a farti scappare le cose di mano» fece la principessa.

«Mica l'ho fatto apposta! Mica sapevo che lì c'era un...»

«... un golem!» intervenne Deku, riaprendo di

scatto gli occhi. «È un golem, un mostro guardiano che protegge luoghi segreti o oggetti preziosi».

Tonno allungò il collo per essere sicuro che la creatura non si avvicinasse.

«Tranquillo» gli disse l'apprendista mago. «Ci attaccherà solo se cercheremo di prendere la Pietra di Om».

«Be', il problema è proprio quello» gli ricordò Franpesca. «Se vogliamo recuperare la pietra, dobbiamo sbarazzarcene!»

Deku sorrise, sporgendosi anche lui oltre il loro nascondiglio per fissare il golem dritto in faccia. Ora sapeva come batterlo. I nuovi ricordi da apprendista mago erano lì nella sua mente, come un libro aperto che aspettava soltanto di essere letto.

«Ha la parola 'VAI' scritta sulla fronte» spiegò agli altri.

Si affacciarono tutti a vedere.

In effetti c'era qualcosa sulla fronte alta e larga del golem...

«Basta modificare la scritta in 'MAI' e il gioco è fatto» continuò Deku.

«Come no, facile» rispose Franpesca con una smorfia. «Dobbiamo solo avvicinarci a una montagna vivente che vuole farci a pezzi e scarabocchiarle la faccia... Chi lo fa?»

Nessuno rispose.

«Direi che tocca all'unico di noi che ha una penna» propose allora Asta.

Si voltarono tutti a guardare Tonno e lui sospirò rassegnato.

«Tranquillo, amico, ho un piano» disse Pingu.

Il golem non si era ancora mosso dal suo posto quando i cinque amici si avvicinarono.

«ORA!» gridò Pingu.

Asta e Deku sbucarono fuori dai cespugli, uno da destra e l'altro da sinistra.

Il primo si mise a girare intorno alle gambe del gigante di pietra, una capriola dopo l'altra, mentre il secondo usò il suo mantello magico per svolazzargli intorno alla testa.

«ELIMINARE» echeggiò la voce rocciosa del mostro. «DEVASTARE».

«Vai, Tonno!» gridò ancora Pingu.

Intanto il cavaliere si era arrampicato sull'albero più vicino. A quel punto si lanciò con un balzo sul golem e finì a cavalcioni sulle sue enormi spalle rocciose.

«Fermo... fermo... Sta' fermo!»

Ma la creatura stava già dondolando a destra e a sinistra per toglierselo di dosso.

Allora Tonno sfoderò la sua fidata penna: gli bastarono due colpi decisi, due belle linee dritte ai lati della lettera V.

Ecco fatto!

Sulla fronte del golem ora si leggeva chiaramente la parola 'MAI'.

Veloci come si erano riunite, le pietre che componevano il corpo del mostro ricaddero al suolo una dopo l'altra, rotolando da tutte le parti.

Poco dopo Tonno si ritrovò seduto sopra un innocuo cumulo di rocce.

Allungò una mano e recuperò l'uovo dorato.

La prima Mistica Pietra di Om scintillò tra le sue dita.

CAPITOLO 7

La torre abbandonata

Il sole era ormai basso e il cielo si stava tingendo di blu scuro sopra le cime degli alberi. Spuntavano anche le prime stelle.

Pingu e i suoi amici erano di nuovo a cavallo e si addentravano sempre di più nel cuore della foresta.

«Non sarebbe meglio fermarci per la notte?» disse Tonno. «Fra poco farà buio sul serio».

«Glielo dici tu di fermarsi?» rispose Pingu, e fece un cenno verso il fuoco fatuo che brillava davanti a loro. «Non ha l'interruttore! Finché si muove, ci tocca seguirlo».

Il cavaliere sbuffò, ma non insistette.

Asta e Deku procedevano al trotto davanti a loro. Franpesca era in testa al gruppo, col suo bel destriero bianco.

In effetti erano tutti un po' stanchi. Dopo il recupero della prima Pietra di Om, il fuoco magico si era acceso di nuovo di viola appena erano risaliti a cavallo. Così i ragazzini lo avevano seguito lungo un sentiero stretto e tortuoso.

«Sei pensieroso» disse Pingu, accostandosi a suo cugino Deku.

L'apprendista mago scosse la sua chioma verde.

«Non è niente» disse. «O meglio, non ne sono sicuro».

Pingu lo fissò negli occhi. Lo conosceva abbastanza bene da sapere che se era preoccupato, c'era un buon motivo...

«È che i golem non appaiono così» disse alla fine il cugino. «Vanno evocati apposta».

«Credi che qualcuno ci stia mettendo i bastoni fra le ruote?»

«Forse... ma è presto per dirlo».

Continuarono a cavalcare in silenzio.

D'un tratto giunsero di fronte a una torre che si ergeva altissima tra gli alberi. La debole luce del tramonto ne illuminava i muri di pietra e un vento leggero smuoveva le foglie d'edera che ne ricoprivano tutto un lato.

«Wow» sussurrò Asta, alzando il naso all'insù per scorgerne la cima. «Che ci fa in mezzo alla foresta?»

Intanto il fuoco fatuo si era fermato proprio ai piedi della torre.

I ragazzini si affrettarono a smontare da cavallo e Tonno afferrò gli animali: ormai era un esperto nel legarli affinché non scappassero!

Franpesca si avvicinò alla costruzione. Erbacce tra le pietre, niente luci, nessun rumore... lì non viveva nessuno da parecchio tempo.

La ragazzina sfiorò il portone che si aprì da solo, cigolando. Un brivido le attraversò la schiena.

Il fuoco fatuo scivolò dentro.

«Forza, andiamo!» disse Pingu.

«Ma è una torre abbandonata» mormorò Franpesca.

«Meglio! Ne preferivi una piena di guardie pronte a farci a fette?» rispose Pingu. E attraversò il portone.

Asta e Deku lo seguirono senza batter ciglio.

Tonno invece rimase sulla soglia, un piede dentro e uno fuori. Non aveva intenzione di lasciare indietro la sua amata Franpesca!

«Che c'è?» le chiese preoccupato.

Lei non rispose ma fissò la cima della torre con aria accigliata.

Il suo istinto da principessa le diceva che qualcosa non andava.

Entrare era una pessima idea. Ma non avevano altra scelta.

Il fuoco fatuo svolazzava tranquillo nella penombra, illuminando di viola un gradino dopo l'altro. Le scale salivano a spirale, costeggiando le pareti di pietra, ed erano talmente strette da costringere Pingu e gli altri a procedere in fila indiana. In coda c'era Franpesca, e Tonno si voltava ogni tre passi per controllare che fosse tutto a posto.

Nel frattempo, mentre fuori il sole calava del tutto, l'interno della torre si faceva più buio: ben presto il fuoco incantato rimase l'unica fonte di luce a guidarli. Il suo bagliore violetto, riflesso sulle vecchie pietre, rendeva l'atmosfera un po' spettrale.

«Certo che così fa paura, eh?» disse Asta.

«Faceva paura anche prima» precisò Franpesca. «Lo avevo detto, io, che era meglio non entrare!»

«Insomma, vuoi tornare a casa o no?» sbottò

Pingu. «Se una delle uova dorate è qui dentro, dobbiamo trovarla!»

In realtà anche lui avrebbe preferito essere da tutt'altra parte, Franpesca ne era sicura. Pingu e l'altezza non andavano affatto d'accordo... e quelle stupide scale continuavano a salire, ancora e ancora!

Ci volle un po', poi finalmente i gradini terminarono.

I ragazzini sbucarono in quella che un tempo era stata una stanza regale.

Un'elegante tavolo di legno, preziosi candelabri, diverse sedie dagli schienali alti e decorati, gli arazzi, le tende... tutto era ricoperto da polvere e ragnatele. Franpesca ebbe l'impressione di trovarsi in una casa delle bambole dimenticata in soffitta.

All'improvviso, con un guizzo, il fuoco fatuo sparì in una fessura del soffitto, facendo piombare la stanza nella più completa oscurità.

«Cavolo!»

Qualcuno urtò qualcosa.

«Dov'è andato?»

«AHIA! Quello è il mio piede!»

«Aspetta... OUCH!»

Qualcun altro sbatté contro il muro.

«TUTTI FERMI!» urlò Deku.

L'apprendista mago raggiunse a tentoni, nel buio, il tavolo. Poi mosse le mani sulla superficie polverosa in cerca dei candelabri. Trovati!

Deku schioccò le dita e tre fiammelle si accesero all'istante sulle vecchie candele, illuminando di nuovo la piccola stanza tonda.

«Bel trucco!» esclamò Tonno. Poi lanciò uno sguardo storto ad Asta. «Ti spiace togliere il tuo piede da sopra il mio, adesso?»

«Oh, scusa!» rispose il buffone.

Ora che era tornata la luce, i cinque amici cercarono una seconda scala che li portasse più su, così da rintracciare il fuoco fatuo.

«Dev'esserci almeno un altro piano» disse Pingu, con gli occhi che vagavano di qua e di là. «Non possiamo essere già in cima».

«C'è una specie di maniglia, lì!» esclamò Franpesca, puntando un dito. Un grosso anello di ferro scendeva dal soffitto.

Come per magia una delle sedie attraversò la stanza, strisciando su tutto il pavimento. Si fermò proprio sotto la botola, accanto alla principessa.

«Grazie, Deku» disse lei.

«Ma non sono stato io» rispose l'amico.

Franpesca guardò la sedia, perplessa. Provò a darle un colpetto col piede, ma non successe nulla.

Allora la principessa sollevò un po' la gonna e ci salì sopra. Poi tese un braccio e si mise in punta di piedi, allungando il più possibile le dita verso la maniglia che pendeva sopra la sua testa.

Niente da fare! Era troppo in alto, eppure...

Di colpo la mano di Franpesca si strinse intorno all'anello di ferro.

«Ce l'ho fatta!» esclamò entusiasta, voltandosi verso i suoi amici.

Pingu e Deku le restituirono un'occhiata scioccata, mentre Asta spalancò la bocca dallo stupore. Tonno pareva aver visto un fantasma.

«Perché mi guardate così?» chiese la ragazzina.

Gli altri non dissero nulla ma abbassarono lo sguardo sulla sedia. Franpesca fece lo stesso e si accorse che non era più poggiata a terra... Fluttuava ad almeno un metro dal pavimento!

«Forse è meglio se scendi» disse Pingu, facendo un passo avanti.

Una seconda sedia schizzò attraverso la stanza per bloccargli il passaggio.

Tonno si grattò il naso. «Non promette nulla di buono».

Un vento improvviso smosse le tende e fece tremolare le candele. Due spade che erano appese alla parete presero ad agitarsi insieme alle posate poggiate sul tavolo.

Pareva in arrivo un terremoto. O qualcosa di peggio.

«Io vado» disse Franpesca decisa, e fece forza sulla maniglia.

La botola sopra di lei si aprì con uno scricchiolio e la ragazzina si tirò su con l'agilità di un gatto.

«Aspetta Fra'!» urlò Pingu.

«Non andare da sola!» gli fece eco Tonno.

Mentre la botola si richiudeva con uno schianto, la ragazzina fece in tempo a vedere le armi che si staccavano dalle pareti mettendosi a svolazzare per la stanza.

Poi si ritrovò di nuovo al buio, ma fu solo per un attimo.

Ecco la fiamma viola del fuoco fatuo!

Fece capolino tra le ombre e illuminò l'ambiente intorno a lei. Era in uno spazio angusto dalle pareti spoglie. Di fronte a sé, tra i resti di due torce spente da chissà quanti anni, riconobbe una porta.

Ma non era una porta normale.

Era stretta, di legno scuro, con una grossa serratura di ferro. In alto aveva una finestrella con delle sbarre.

Franpesca sgranò gli occhi.

Quella era senza dubbio la porta di una cella.

CAPITOLO 8

Le due principesse

Quando la prima spada sfrecciò da un capo all'altro della stanza, Pingu si tuffò prontamente sotto al tavolo. Lo stesso fece Deku, riempiendosi la tunica di polvere. Tonno invece non ne ebbe bisogno: le due spade svolazzanti cozzarono contro il suo portentoso scudo senza nemmeno scalfirlo. Asta, invece, era proprio in difficoltà. Correva a destra e a sinistra, cambiando spesso direzione, inseguito da un coltello smussato e da una forchetta a cui mancavano due punte.

«Sapete, credo che la torre sia infestata!» urlò il buffone, schivando l'ennesimo colpo di posata.

«Ah sì, dici?» rispose Deku. «E da cosa l'hai capito?»

Pingu uscì dal suo riparo, tanto le spade erano

impegnate con Tonno, e saltò sul tavolo. Tentò di raggiungere la botola oltre la quale era scomparsa Franpesca.

«Attento!» gli urlò Tonno.

Si abbassò giusto in tempo per evitare che una sedia vagante lo colpisse in faccia.

«Non ci arrivo!» esclamò poi.

«Dobbiamo trovare il modo di andare da Pesca» disse Tonno, tra una parata con lo scudo e l'altra.

Intanto anche il tavolo si era animato, privando Deku del suo nascondiglio.

«Dobbiamo anche trovare il modo di non lasciarci le penne!» rispose Asta.

La forchetta volante si conficcò nel muro, a soli due centimetri dal suo orecchio.

Franpesca, ignara di ciò che stava accadendo di sotto, spinse con delicatezza la porta davanti a lei. Era certa che fosse chiusa a chiave, invece no!

Guidata dal fuoco fatuo, la ragazzina entrò nella cella.

C'era un letto, proprio al centro della stanza, di quelli a baldacchino, con tende e drappeggi tutt'intorno... un vero letto da principessa!

Franpesca sentì un nuovo brivido pizzicarle

dietro il collo. Era tutto vagamente familiare, anche se lei era certa di non essere mai stata in quella torre. Né in nessun'altra torre.

Eppure le ricordava qualcosa. Forse erano i nuovi ricordi da principessa...

Incurante delle spaventose ragnatele tra le tende, Franpesca si sedette sul letto polveroso. Fu solo allora che notò qualcosa sul cuscino. Allungò una mano e lo prese fra le dita.

Era un ciondolo. Grande, rotondo, d'argento e con sopra inciso un fiore a sette petali.

«Principessa Flora» sussurrò Franpesca.

«*Ci conosciamo?*» le rispose una voce.

Franpesca sussultò.

Una figura bianca e lucente emerse dal muro davanti a lei.

A guardarla bene sembrava una sua coetanea. I capelli erano raccolti in una grossa treccia che le scendeva fino ai piedi e indossava un bellissimo abito lungo. Sulla testa portava una coroncina tempestata di pietre preziose.

«*Come sai il mio nome?*» chiese la ragazzina luccicante.

Galleggiava a un palmo da terra ed era leggermente trasparente.

Ma certo! Era un fantasma, non c'erano dubbi! Però non aveva un aspetto minaccioso...

«Conosco la tua storia» rispose Franpesca, alzandosi. «Sei la principessa Flora, figlia del re Alborium. E questo è tuo». Le mostrò il ciondolo che aveva trovato. «Il fiore a sette petali è il simbolo della tua famiglia reale».

Il fantasma annuì.

Franpesca era stupita delle sue stesse parole. Come sapeva quelle cose? Eppure era tutto lì nella sua testa!

«Sei stata rapita da un cavaliere malvagio» continuò. «Lui ti ha rinchiusa in una torre... in *questa* torre... e poi il principe Narcisio, il tuo promesso sposo, si è messo in viaggio per liberarti ma...»

«*Sta per arrivare, ne sono certa*» la interruppe la principessa Flora con un sorriso. Si voltò verso l'unica finestra nella cella, volgendo lo sguardo oltre le sbarre. «*Lo aspetto da tanto!*»

Franpesca guardò la ragazzina fantasma che sbirciava speranzosa verso la foresta buia, la gonna mossa da un vento invisibile.

Le venne un dubbio.

«Principessa Flora» disse piano.

«Sì, amica mia?»

Franpesca si morse un labbro. Non sapeva bene come chiederlo... «Ecco, ehm... lo sai, vero, che sei un fantasma?»

Nella piccola sala sottostante, la situazione si stava facendo parecchio stramba.

Grazie al suo mantello volante, Deku si era attaccato alla maniglia della botola, solo che non riusciva in alcun modo ad aprirla. Allora Pingu spiccò un salto e gli si attaccò alle gambe, per fare più peso.

Non bastò.

Anche Asta decise quindi di aggiungersi agli altri due, e si aggrappò a sua volta alle gambe di Pingu.

Così i tre cugini finirono appesi uno all'altro, attaccati a una botola che non accennava ad aprirsi. Tonno, intanto, tastava ogni singola pietra del muro, nella speranza di trovare un passaggio segreto o qualcosa del genere.

«È inutile» disse Deku. «Qualsiasi spettro infesti questo posto, è chiaro che non vuole farci salire».

«Almeno ha smesso di attaccarci» disse Pingu.

Le spade e le sedie, come anche le posate, erano ricadute di colpo sul pavimento.

«E se ci avesse lasciato in pace per prendersela con Franpesca?» chiese Tonno, preoccupatissimo.

Asta si arrese, mollò le gambe di Pingu e tornò a terra con un piccolo balzo.

«Be', in quel caso, povero spettro!» disse il buffone.

Di sopra, Franpesca era impegnata nella conversazione più strana della sua vita.

«*Non sono un fantasma!*»

«Sì che lo sei!»

«*Non è vero!*»

Una folata di vento gelido scompigliò i capelli di Franpesca e fece frusciare le tende del letto a baldacchino.

«Principessa Flora» provò ancora la ragazzina, «la tua è una vecchia storia che viene raccontata a ogni principessa. Una *vecchissima* storia. È successo tutto tanto tempo fa. Il principe Narcisio si è perso nella foresta, non ti ha mai salvato, e tu...»

Lasciò la frase a metà per paura di farla arrabbiare.

«*Io non sono un fantasma*» ripeté l'altra principessa.

Però ora non sembrava più tanto convinta. Lanciò uno sguardo alla cella. Lì era tutto troppo vecchio e logoro... forse iniziava a capirlo anche lei!

Franpesca corrugò la fronte. Come poteva aiutarla? Se avesse potuto vedersi, tutto sarebbe stato più semplice. Ma serviva uno specchio, oppure...

La ragazzina si batté una mano sulla fronte.

«Ma certo!» esclamò.

Rovistò sotto gli innumerevoli strati di gonna e ne tirò fuori la sua macchinetta fotografica.

«*Cos'è quell'oggetto?*» chiese curioso il fantasma, avvicinandosi.

«È come uno specchio, ma non proprio» spiegò Franpesca. «Serve per catturare le immagini ma anche per riprodurle... è un oggetto che crea ritratti, ecco!»

La principessa Flora spalancò gli occhi spettrali.

«Tu sta' ferma» le disse Franpesca.

Sollevò la macchinetta e... CLIC!

«*Ora apparirà un mio ritratto?*»

Franpesca sventolò la foto istantanea nell'aria

fredda e umida della cella. «Un attimo di pazienza...» disse. «Ecco!»

Allungò la fotografia verso l'altra principessa e, insieme, guardarono l'immagine prendere colore.

A poco a poco comparve la principessa Flora, bianca e trasparente, avvolta da un bagliore argentato.

«*Ma allora...*» mormorò la ragazzina con voce triste. «*Sono davvero un fantasma*».

«Be', non è poi tanto male» disse Franpesca.

«*No?*»

«Vuol dire che non devi più aspettare il tuo principe. Puoi andare dove vuoi. Non ti piacerebbe vedere il mondo?»

La principessa fantasma ci pensò per un attimo, poi il suo broncio si trasformò in un sorriso.

«*Sì! Mi piacerebbe tantissimo!*» disse.

«Perfetto, allora!» esclamò Franpesca. «Prima che tu te ne vada, però, devo chiederti un favore...»

Quando Franpesca venne giù dalla botola, trovò i suoi amici ammassati contro una finestra, a litigare per chi dovesse arrampicarsi fuori. Nemmeno si accorsero che era rientrata nella stanza.

«Che accidenti state facendo?» sbottò.

Pingu e gli altri si voltarono talmente in fretta da inciampare uno sull'altro.

«Pesca, non farlo mai più! Eravamo preoccupati!» esclamò Tonno.

«Lo so» disse lei.

«La torre è infestata!» aggiunse Asta.

«So anche quello» sorrise Franpesca. «Ma ora non lo è più!»

Deku le si avvicinò, scuotendosi la polvere di

dosso. «Vuoi dire che hai sconfitto un fantasma tutta da sola?»

Lei fece spallucce.

«Diciamo che è stata una chiacchierata tra ragazze» disse. «Credo mi abbia lasciato attraversare la botola perché le serviva l'aiuto di un'altra principessa, anche se non voleva ammetterlo».

«E cosa nascondi dietro la schiena?» chiese Pingu.

«Oh, be'». Franpesca sfoggiò una finta espressione noncurante. «Già che c'ero ho chiesto al fantasma se ultimamente avesse trovato nella torre uno strano oggetto dorato, e...»

Con un sorriso enorme mostrò agli altri il suo bottino.

La seconda Mistica Pietra di Om!

CAPITOLO 9

IN FONDO AL LAGO

«Sapete come fa un uccellino elettronico?» chiese Asta dal nulla.

Nessuno gli rispose.

«Micro*Cip*! Micro*Cip*!»

«Oh, sta' zitto Asta!» sbottò Tonno.

D'altronde si erano svegliati da poco e le battute del buffone erano l'ultima cosa che il cavaliere aveva voglia di sentire. In quel momento era parecchio indaffarato a rinfilarsi tutti i pezzi dell'armatura. Era già la terza volta, perché gliene avanzava sempre uno...

Per fortuna la nottata era passata tranquilla. Restare alla torre abbandonata era stata una buona idea. Pur essendo fredda e buia, aveva solide mura di pietra che riparavano dal vento.

Fuori gli uccelli cinguettavano già.

«Mmmh» mugugnò Pingu, gli occhi ancora socchiusi dal sonno. «Dov'è Franpesca?»

«Si è alzata mentre tu ancora ronfavi» sbadigliò Deku, stiracchiandosi come un gatto. «Ha detto di voler fare una passeggiata».

Pingu rispose con un grugnito assonnato e si mise a raccogliere le sue cose, poi i quattro amici si avviarono giù per le scale della torre.

Il fuoco fatuo li seguiva gettando tutt'intorno la sua luce azzurrina. Appena fuori li accolse un cielo di un celeste chiarissimo, con sfumature rosa qui e là, e l'aria piacevolmente frizzante del mattino.

I ragazzini si accostarono ai loro cavalli.

«Ma abbiamo qualcosa da mangiare?» chiese Tonno.

Lo stomaco del cavaliere brontolò sonoramente proprio in quel momento.

«Sì» rispose Deku, e sbirciò nella sacca legata alla sua sella. «Il re ci ha dato pane, formaggio e qualche mela».

«Nient'altro?» fece Asta con una smorfia.

«Scusa tanto se qui non fanno la pizza!» rispose piccato l'apprendista mago.

«Oh, non cominciate già a litigare, voi due!» esclamò Pingu.

Lanciò una pagnotta a Tonno e un bel pezzo di formaggio ad Asta. Per sé prese invece una grossa mela gialla e ne passò una verde a Deku.

«Grazie per avermi aspettato, eh!»

Franpesca sbucò all'improvviso da un cespuglio e per la sorpresa Asta si lasciò sfuggire di mano il suo formaggio.

Si chinò subito per recuperarlo, ma qualcosa di grigio e peloso fu più veloce.

«Ehi!»

L'animale si arrampicò lesto sulla spalla di Franpesca, col suo bottino stretto fra le manine nere.

«Un procione!» esclamò Deku.

«Non è carinissimo?» disse la principessa, passando una mano sulla morbida coda ad anelli dell'animale. «L'ho incontrato qui dietro e non smette di seguirmi».

«Ma quella era la mia colazione!» protestò Asta.

Intanto la bestiola rosicchiava il formaggio.

Franpesca lo ignorò accarezzando il procione. «Penso proprio che lo terrò con me» disse con un sorriso. «Non ho mai avuto un animaletto!»

A quelle parole Pingu sollevò un sopracciglio.

«Come sarebbe a dire?» esclamò. «A casa hai tre gatti!»

Franpesca fece per rispondere ma si bloccò con la bocca aperta e gli occhi spalancati.

«Pesca, tutto bene?» chiese Tonno, masticando la sua pagnotta.

Lei fece cenno di sì, ma aveva una strana espressione sul volto.

«Davvero ho dei gatti?» chiese piano.

I quattro amici annuirono.

«E perché non me li ricordo?»

Una folata di vento spazzò la foresta, sollevando vortici di foglie e facendo rabbrividire i ragazzi. Il procione saltò giù dalla spalla della principessa e si riparò fra gli strati della sua gonna.

«Cavolo!» disse Pingu sottovoce.

«Cosa?» chiese Asta.

Deku si sedette su una roccia con aria pensierosa. «Stiamo cominciando a perdere i ricordi delle nostre vere vite. Il mago di corte ci aveva avvertito».

Tonno si grattò la testa, corrugando la fronte in un'espressione concentrata. «Mi sa che io non so più che classe frequento...»

Asta s'illuminò e fece un balzo in avanti. «Sapete perché si dice che la classe non è acqua?»

Poi restò in silenzio, ma non fu la solita pausa a effetto.

Il buffone sgranò gli occhi. Deglutì. Si guardò intorno.

«Ecco... n-non me lo ricordo...» balbettò. «Non ricordo più come finisce la battuta, ma la faccio sempre a...»

«... scuola» intervenne Pingu.

I cinque amici si scambiarono un'occhiata preoccupata e pensarono alla loro scuola, il posto dove finora avevano passato più tempo insieme. Solo che nessuno riusciva a ricordarla con precisione: c'era un cortile? Era a due piani? Di che colore erano le pareti?

«Basta così!» sbottò Franpesca.

Raggiunse il suo destriero bianco e montò in sella con un solo salto.

«Rimuginare su ciò che non ricordiamo non serve a niente. Troviamo le altre pietre, torniamocene a casa e tutto sarà come prima! Giusto, Deku?»

L'apprendista mago annuì, mandando giù l'ultimo boccone di mela.

Tonno pareva meno convinto. Lanciò uno sguardo sconsolato al fuoco fatuo, che gironzolava senza meta intorno a loro.

«Finché quello non diventa viola non sappiamo dove andare» disse.

«Intanto muoviamoci» propose Pingu, salendo anche lui in groppa al suo cavallo. «Da qui non abbiamo tanta scelta... Seguiamo il sentiero e vediamo dove ci porta!»

Franpesca annuì e il procione si arrampicò sulla sella della padroncina. Ora sì che erano tutti pronti!

Man mano che il sole si faceva più alto, il sentiero si allargò e la foresta divenne meno selvaggia.

E finalmente il fuoco fatuo avvampò di viola, poi superò i cinque amici.

Il cavallo di Pingu s'impennò.

«Ci siamo!» esclamò lui, dando un colpo di staffe per calmare l'animale.

Partirono tutti al galoppo seguendo la scia magica.

Ben presto si ritrovarono fuori dalla foresta, di fronte a un grande lago. Le sue acque erano così immobili e lucenti da farlo sembrare un enorme specchio capace di riflettere il cielo e le sue nuvole.

Raggiunta la riva, il fuoco fatuo andò dritto come una freccia sfiorando il pelo dell'acqua e poi, quando fu proprio al cento del lago, si immerse con un *plop*.

Pingu e gli altri frenarono i loro destrieri.

«Non si sarà mica spento!» esclamò Asta.

Per tutta risposta il fuoco magico riemerse e si rituffò nelle acque del lago.

«Mmmh... vuole che lo seguiamo sott'acqua» disse Deku. «Magari l'uovo è sul fondo».

«Tonno, tu...» cominciò Pingu.

«Sì, lo so» brontolò il cavaliere. «Lego i cavalli».

«Aspetta, però». Pingu tolse dalla sella la sacca con le Pietre di Om già recuperate, la chiuse per bene e se la mise sulle spalle. «Non voglio lasciarle qui incustodite».

A quel punto tutti smontarono da cavallo: dovevano prepararsi all'immersione... Via scarpe, cappelli, armi e tutto ciò che poteva intralciarli!

Il povero Tonno dovette nuovamente smontare pezzo per pezzo la sua armatura, e Franpesca si sfilò la gonna, restando con dei buffi mutandoni tutti merletti.

Subito il cavaliere divenne rosso come un pomodoro.

«Tonno, non fare lo scemo» fece la principessa. «Questi cosi sono più lunghi dei pantaloncini che metto per andare al mare!»

Il fuoco fatuo, intanto, fece di nuovo capolino e poi sparì sotto la superficie dell'acqua.

«Muoviamoci, finché ci aspetta!» disse Deku.

Così i cinque amici si affrettarono a entrare in acqua.

Pingu fu sorpreso di non rabbrividire. Si era aspettato che il lago fosse gelato e invece era addirittura tiepido... Franpesca partì subito in un perfetto stile libero, mentre Deku e Asta le andavano dietro a rana. Tonno, che era il più alto, camminò finché riuscì a toccare il fondo, dopodiché anche lui cominciò a nuotare.

Una bracciata dopo l'altra, raggiunsero tutti il centro del lago.

«Mi raccomando» disse Pingu. «Il primo che vede l'uovo dorato lo prende e lo porta a riva».

«Niente stupidaggini!» aggiunse Deku, agitando le braccia per restare a galla. «Se succede qualcosa di strano, torniamo subito in superficie!»

I ragazzini annuirono.

«Uno... due... e...»

Si immersero prima di arrivare al tre, in un turbinio di bollicine.

Pingu batté forte i piedi per scendere il più velocemente possibile. Non aveva mai nuotato in acque tanto limpide: i raggi del sole filtravano dalla superficie e come dei riflettori illuminavano il meraviglioso fondale verdeazzurro del lago, zeppo di alghe e coralli.

Nel frattempo, il fuoco fatuo scendeva, simile a una medusa luminosa.

Pingu e gli altri nuotarono nella sua direzione tra scogli, conchiglie e piante acquatiche finché, tra le alghe ondeggianti, videro spuntare qualcosa.

Una colonna. Poi altre due. Dopo ancora, una grande porta.

Lì, sul fondale, c'era un vero e proprio tempio sommerso!

CAPITOLO 10

IL TEMPIO SOMMERSO

La luce viola del fuoco fatuo sparì all'interno del tempio.

I ragazzini esitarono, fermandosi a fluttuare di fronte alle enormi porte di pietra.

Dovevano spicciarsi a decidere. O entravano o tornavano subito a galla.

Al diavolo!

Pingu batté le gambe con tutta la forza che aveva e si infilò nella fessura tra le porte del tempio, seguendo il fuoco magico davanti a lui.

Nuotò e nuotò, circondato da muri di pietra ricoperti di muschio acquatico. Era a corto di fiato, ma in fondo al corridoio sommerso intravedeva un'uscita, un cono di luce sempre più vicino.

Una, due, tre bracciate...

Il ragazzino vide il fuoco fatuo schizzare in alto

e fece lo stesso. L'attimo dopo riemerse dall'acqua prendendo una profonda boccata d'aria. Si tirò su, esausto, e si accasciò sul pavimento per riprendere fiato.

No, non era una vera uscita.

Si trovava ancora nel tempio e probabilmente ancora sott'acqua, ma era sbucato in una stanza calda e asciutta. Sopra di lui torreggiavano altissime colonne illuminate dal chiarore di decine di torce bianche.

«Fuoco sempiterno!» esclamò Deku. La sua testa verde spuntava dall'acqua. «Proprio come quello nella stanza segreta del mago di corte».

L'attimo dopo ecco emergere Franpesca, senza nemmeno uno schizzo, come se avesse fatto una semplice nuotata in piscina. Asta, invece, saltò fuori boccheggiando e sputacchiando peggio di un rospo e a Tonno era rimasto un ciuffo di alghe appiccicato sulla faccia. L'ultimo fu il piccolo procione della principessa, che si scrollò per bene il pelo schizzando dappertutto.

«Meno male che avevamo detto 'niente stupidaggini'!» fece Franpesca, lanciando un'occhiataccia a Pingu.

«Avevamo anche detto di trovare l'uovo dorato» rispose lui, e fece un cenno verso il fondo della stanza.

Lì, tra le due colonne più imponenti della sala, il fuoco fatuo galleggiava su un piccolo altare sopra al quale luccicava un oggetto molto familiare.

«La Pietra di Om!» esclamò Asta, scattando in piedi.

Il buffone tentò di avvicinarsi ma qualcosa lo tratteneva. Si voltò: Deku gli si era attaccato alla manica.

«Aspetta» disse l'apprendista mago.

«Che c'è?» gli chiese Tonno, preoccupato. Avrebbe tanto voluto avere con sé le sue armi e l'armatura, ma non avrebbe mai potuto nuotare fin lì con tutto quel peso...

«Non vi sembra strano?» disse Deku. «Cioè, come ci è arrivato l'uovo dorato fin quaggiù? E poi chi l'ha messo su quell'altare?»

«Dici che è una trappola?» fece Pingu.

Deku annuì.

I cinque amici rimasero immobili, gocciolando acqua, e fissarono i pochi metri che li separavano dalla Mistica Pietra di Om.

Bastava solo qualche passo per recuperarla!

Pingu fremeva. Ma se Deku avesse avuto ragione? In effetti era tutto molto sospetto...

«Quindi siete meno stupidi di quanto sembriate» disse d'un tratto una voce.

I ragazzini si guardarono intorno e fecero un passo indietro.

Un denso fumo nero avanzava dagli angoli bui del tempio. Scivolò sul pavimento di pietra e serpeggiò tra le colonne.

«Avrei dovuto capirlo quando avete sconfitto il mio golem».

Le parole echeggiarono mentre il fumo oscuro si concentrava al centro della sala e via via prendeva la forma di una figura incappucciata.

Pingu cercò con la mano il fidato bastone ma si irrigidì subito. Lo aveva lasciato sulla riva del lago!

«Pensavo che il Tempio Sommerso di Nym fosse un buon nascondiglio per la pietra» continuò la figura misteriosa. «Ma a quanto pare non è bastato per ingannare il vostro segugio».

Rivolse il cappuccio verso il fuoco fatuo.

Anche così, non si scorgeva nulla del suo volto. Sembrava pura oscurità con indosso un mantello nero.

A Pingu tornarono in mente le parole del mago di corte.

Vedo un'ombra... Su di te. Su tutti voi, in realtà... Qualcosa di sinistro...

«Ve lo dirò una volta soltanto» disse l'incappucciato, la sua voce era calma come il mare prima della tempesta. «Rinunciate alla vostra ricerca delle Mistiche Pietre di Om e vivete le vostre nuove vite in questo regno. Fate questo, e io non vi torcerò un capello».

Pingu lo fissò intensamente. Non era armato, ma non sembrava averne bisogno. Di certo era un mago o uno stregone. O forse qualcosa di ancora più pericoloso!

«Scordatelo!» rispose comunque. «Non abbiamo nessuna intenzione di restare qui. Noi recupereremo tutte le pietre e ce ne torneremo a casa». Vide con la coda dell'occhio i suoi amici che annuivano. «Che ti piaccia o no».

La figura fece scivolare una mano fuori dal mantello.

«Io vi ho avvertito» disse.

Poi schioccò le dita.

Un rumore d'acqua sorprese alle spalle i ragazzini, che si voltarono di scatto.

Un guerriero si levò dallo stesso corridoio sommerso dal quale erano arrivati loro. Ma non era un guerriero qualsiasi: l'armatura, l'elmo, il fodero della spada... tutto era interamente composto d'acqua!

Pingu tornò a rivolgersi alla figura incappucciata, ma scoprì che quella non c'era più.

«Ohi ohi!» esclamò Asta.

Dall'acqua stava emergendo un secondo guerriero. Ed eccone un terzo. Erano trasparenti e lucidi come statue di vetro.

Il primo guerriero d'acqua sguainò lo spadone, mentre il secondo prese a far roteare sopra la testa una mazza chiodata. L'ultimo sollevò minaccioso la grande ascia che impugnava con entrambe le mani.

In quel momento Pingu si rese conto che un'arma in realtà ce l'avevano anche loro.

«Deku, fa' qualcosa!» urlò. «Usa i guanti magici!»

Allora l'apprendista mago puntò un dito minaccioso, solo che non accadde assolutamente nulla.

«Ma cosa...?»

Riprovò ancora.

Niente!

Intanto il cavaliere con l'ascia era sempre più vicino.

Al terzo tentativo il cristallo magico sul guanto

di Deku lampeggiò appena e dal suo dito partì una scintilla decisamente misera.

Il ragazzino spalancò gli occhi, poi si diede un colpetto sulla fronte.

«Che succede?» chiese Pingu, indietreggiando.

«Ho appena avuto un nuovo ricordo da apprendista mago: i cristalli magici vanno tenuti sempre puliti *e asciutti*» spiegò il cugino. «Altrimenti non funzionano!»

«E ti viene in mente solo ora?» sbottò Asta.

«Ehi! Sono un mago da nemmeno due giorni!»

Il guerriero con l'ascia attaccò, mancando Deku per un soffio. Nel frattempo, quello con lo spadone si lanciò su Pingu e lui si riparò dietro la colonna più vicina. Franpesca e Tonno invece scattarono una a destra e l'altro a sinistra, per confondere il guerriero con la mazza chiodata. Se solo avessero avuto le loro armi...

«L'ho detto, io, che abbiamo fatto una stupidaggine!» esclamò Franpesca, mentre la mazza chiodata le passava sopra la testa.

«Davvero non abbiamo niente per combatterli?» chiese Pingu. Il suo avversario sembrava intenzionato ad affettare la colonna che lo proteggeva. «Una freccia, un pugnale, un sasso... *qualsiasi cosa*!»

Tra una schivata e l'altra, i cinque amici si rovistarono addosso.

«Ehi! Io ho questo!»

Asta mostrò il suo giochino per dare la scossa.

Pingu alzò gli occhi al cielo, ma poi gli tornò in mente una lezione di scienze.

«Aspetta! L'elettricità divide le molecole d'acqua» disse. «E visto che questi guerrieri sono fatti d'acqua dalla testa ai piedi...»

«Vai, Asta!» esclamò Deku. «Dagli la scossa!»

Il buffone non se lo fece ripetere due volte: allacciò il giochino al palmo della mano e lo poggiò sul petto del guerriero che gli stava davanti.

L'altro si bloccò all'istante.

Poi fu come vedere un ghiacciolo sciogliersi al sole. Dove prima c'era un temibile nemico, in un battibaleno restò soltanto... una pozzanghera.

«Wow!» esclamò Asta.

Con un balzo si portò alle spalle del guerriero armato d'ascia e gli premette la mano sulla schiena. Sentì il giochino tremare mentre dava la scossa al nemico, che si dissolse in uno spruzzo d'acqua.

«Attento, Asta!» gridò Franpesca.

Il terzo guerriero allungò la punta della sua spada per infilzare il buffone, ma il ragazzino fu più veloce. Con una capriola scivolò sotto l'arma e afferrò l'avversario per la caviglia.

SPLASH!

La sala del tempio, che solo un istante prima risuonava di colpi e urla, piombò nel silenzio.

Soltanto il respiro affannato di Asta aleggiava nell'aria.

Con un ultimo sforzo, il buffone si rimise in piedi e raggiunse il piccolo altare.

Si guardò intorno. Nessun incappucciato in vista. Allora finalmente raccolse l'uovo.

«Con questo siamo a tre!» esclamò felice, sollevando sopra la testa la terza Mistica Pietra di Om.

CAPITOLO 11

LE SALAMANDRE

Ora che avevano recuperato la Pietra di Om, Pingu e i suoi amici erano pronti ad affrontare una seconda nuotata per uscire dal tempio.

Peccato che il fuoco fatuo non sembrasse d'accordo!

La luce magica si spostò verso un angolo della sala e prese a sbattere contro il muro, una specie di mosca ostinata sul vetro di una finestra.

Tonno si grattò il mento. «Perché non torna blu?»

Asta alzò le spalle. «Probabilmente avrà fiutato un altro uovo dorato».

«Guarda che non ha mica il naso!» gli rispose Deku.

«Hai capito che voglio dire...»

Franpesca li ignorò e passò una mano sulla parete indicata dal fuoco fatuo. All'improvviso sentì una delle pietre fare *clic* sotto le sue dita.

«Ma cosa...?» disse sorpresa.

A quel punto il muro ebbe un tremito e si scostò di lato.

Un passaggio segreto!

In un attimo, il fuoco magico s'intrufolò nel corridoio appena comparso.

I cinque amici sapevano già cosa fare...

Il passaggio segreto li condusse lungo un percorso sotterraneo. Man mano le belle pietre chiare e squadrate del tempio lasciarono il posto alla roccia grezza e scura, e così il corridoio divenne un vero e proprio cunicolo.

Pingu lanciò un'occhiata a Deku. «Avevi ragione sul golem... Lo avevano mandato apposta per fermarci».

«Avrei tanto voluto sbagliarmi» rispose sconsolato l'apprendista mago.

«Quindi ora dobbiamo aggiungere anche un misterioso nemico col cappuccio, alla nostra lista dei problemi?» chiese seccata Franpesca.

«A quanto pare...» rispose Pingu mordendosi il labbro.

Continuarono ad avanzare nella penombra. Le torce di fuoco sempiterno erano sempre più rare, eppure bastavano a mostrare dove mettere i piedi.

Invece il fuoco fatuo li stava lasciando indietro.

«Ma dite che rispunteremo vicino al lago?» chiese Asta, in coda al gruppo.

«Be', lo spero proprio» rispose Franpesca. «Tutta la nostra roba è lì».

La principessa si sbirciò i piedi sporchi e i mutandoni ricamati. Non avrebbe mai pensato che le sarebbero mancati le scarpette scomode e quell'ingombrante vestito lungo...

«Forse a questo posso pensarci io» disse Deku sorridendo.

Da quando avevano lasciato il tempio, l'apprendista mago aveva provato più volte a schioccare le dita e ora finalmente era riuscito a evocare una piccola saetta color smeraldo: il suo cristallo magico era di nuovo asciutto e funzionante!

«Concentratevi» disse. «Ognuno di voi pensi intensamente a ciò che ha lasciato in riva al lago».

Asta strizzò la faccia in una smorfia. Tonno, Franpesca e Pingu si limitarono a chiudere gli occhi.

«Ci siete?»

«Sì» dissero tutti in coro.

Si sentì un sonoro schiocco di dita, seguito da un rumore simile a un'improvvisa folata di vento.

Quando riaprirono gli occhi, rimasero a bocca aperta: Tonno indossava di nuovo la sua scintillante armatura da cavaliere e Franpesca la sua bella gonna tutta veli. Pingu si ritrovò il bastone da combattimento stretto nel pugno, mentre nelle tasche di Asta ricomparvero le sfere da giocoliere.

«Ma come hai fatto?» chiese Tonno, ammirando incredulo la spada e lo scudo di nuovo tra le sue mani.

«Eheh! Un incantesimo niente male, vero?» sorrise Deku.

Asta sbarrò gli occhi. «Perché non lo usiamo anche per recuperare le Pietre di Om?»

«Spiacente» rispose l'apprendista mago. «Funziona solo per recuperare i propri oggetti, e solo se sai con precisione dove si trovano».

Intanto una nuova luce si era aggiunta a quella delle torce.

In fondo il tunnel svoltava a destra e da dietro l'angolo s'intravedeva un bagliore rosso e arancione.

Il fuoco fatuo accelerò ancora e sparì del tutto dalla vista dei cinque amici, che si affrettarono a seguirlo proprio lì.

«Wow!»

«Magico!»

«Cavolo!»

Svoltata la curva, Pingu capì perché l'acqua del lago era bella tiepida. Il cunicolo scavato nella roccia li aveva condotti dritti dritti in un'enorme grotta attraversata da un fiume di... lava!

I ragazzini avanzarono a piccoli passi, affascinati e intimoriti allo stesso tempo.

Quel posto era davvero gigantesco. Avrebbe potuto contenere l'intero castello del re. Le pareti rocciose, scure e appuntite, erano tinte dai riflessi della lava che ribolliva sotto di loro.

«Guardate là!» fece Franpesca, puntando un dito.

Gli altri alzarono gli occhi e si accorsero che sopra le loro teste, da un grande buco nella roccia, si vedeva il cielo azzurro.

Non era una semplice grotta, quindi: era un vulcano!

Pingu tornò a guardarsi intorno, in cerca del fuoco fatuo, ma ovunque girasse la testa scorgeva solo pietra nera o lava arancione.

Poi notò un movimento su una delle pareti. Forse uno spruzzo di lava? No no, era un animale, aveva anche la coda...

«Salamandre» disse Deku, intercettando lo sguardo del cugino. Gliene indicò altre due attaccate a una roccia vicina.

Erano dei lucertoloni grandi quanto dei gatti e la loro pelle squamata era di un arancione brillante, con venature gialle.

«Sembrano quasi incandescenti» notò Pingu.

«Lo sono» annuì Deku. «Infatti sono creature elementali di fuoco. Di solito non attaccano per prime, ma stiamo attenti. Non bisogna mai e poi mai toccarle. Sarebbe come infilare una mano nella lava!»

Intanto un sassolino cadde dall'alto e rotolò accanto allo stivale di Asta.

Il buffone alzò lo sguardo e restò pietrificato.

«Ehm...» fece. «Deku?»

«Che c'è?»

«Sai quelle creature che hai appena detto di non toccare assolutamente?»

«Sì?»

«Ce ne sono almeno dieci che camminano sopra di noi».

Prima che Deku potesse rispondere qualcosa, una delle salamandre si staccò dal soffitto roccioso e piombò al suolo, bruciacchiando l'orlo della gonna di Franpesca.

Una seconda salamandra cadde sulla spalla di Tonno, ma per fortuna rimbalzò sulla sua armatura, lasciandolo illeso.

«Via di qui!» urlò Pingu.

I cinque amici scattarono in ogni direzione, stando ben attenti a non avvicinarsi troppo ai margini del fiume di lava. Le salamandre, intanto, venivano giù come una pioggia incandescente.

«Avevi detto che non attaccavano per prime!» gridò Asta.

«Ho detto 'di solito'!» precisò Deku. «Dobbiamo averle spaventate».

Il buffone si aggrappò a una stalattite e sollevò entrambi i piedi per evitare due salamandre che zampettavano nella sua direzione. «Ah, *loro* sono spaventate?»

Nel frattempo, Pingu scavalcò tre lucertoloni aiutandosi col suo bastone, mentre Tonno si nascose sotto il possente scudo per ripararsi da quelli che arrivavano dall'alto.

«Deku! Occhio!»

Una delle creature stava per lanciarsi sull'apprendista mago, ma l'attimo dopo la bestia sparì in una fiammata.

Deku sollevò lo sguardo e vide una freccia conficcata nell'esatto punto in cui prima c'era la salamandra.

A pochi passi da lui, Franpesca lo fissava sorridente col suo arco in pugno.

Poi la principessa prese una nuova freccia, mirò e scoccò.

Centro!

Una salamandra che aveva quasi raggiunto il piede di Pingu si dissolse con un lamento.

Franpesca incoccò un'altra freccia, tese l'arco e tirò ancora. E ancora.

A ogni colpo andato a segno si sentiva sempre più sicura: quelle frecce erano davvero infallibili!

Purtroppo, però, le salamandre continuavano a spuntare da dietro ogni roccia, zampettavano su ogni parete...

«Ehi!» esclamò Pingu, attirando l'attenzione dei suoi amici. «Saltiamo lì sopra!»

Fece un cenno verso il margine roccioso.

Un isolotto di pietra emergeva dal fiume di lava. Era abbastanza lontano da lasciarsi dietro le salamandre, ma abbastanza vicino per raggiungerlo con un bel salto.

Ci voleva solo un po' di coraggio...

«Tutti qui!» urlò Tonno, sollevando lo scudo sopra la testa.

I cinque amici si riunirono sotto la protezione dell'oggetto magico e corsero insieme verso il fiume incandescente. Giunti al margine, spiccarono un salto.

Rimasero sospesi nel vuoto, sopra la lava fumante.

Poi atterrarono sull'isolotto con un tonfo. Finirono a terra, un po' ammaccati ma comunque sani e salvi. A quel punto tirarono tutti un sospiro di sollievo.

Tutti tranne Pingu.

«Cavolo!» esclamò, rialzandosi.

Aveva appena ritrovato il fuoco fatuo.

E no, non sarebbe stato affatto facile raggiungerlo.

CAPITOLO 12

LAVA BOLLENTE

Franpesca si rialzò svelta.

«Basta! Basta! Basta!» urlò stizzita.

Accanto a lei anche Deku e Asta si tirarono su, aggrappandosi uno all'altro. Il povero Tonno, invece, sotto il peso della sua armatura, riuscì appena ad alzare la testa.

«Calmati, Pesca» disse il cavaliere, cigolando tutto nel tentativo di rimettersi in piedi.

«No, che non mi calmo!» sbottò la principessa. «Abbiamo appena saltato uno stupido fiume di lava e siamo all'interno di uno stupidissimo vulcano... Sono stufa di questa storia!»

Pingu intanto lanciò un'occhiata alle salamandre alle loro spalle, per paura che potessero seguirli. Ma i lucertoloni se ne stavano fermi sull'altra riva rocciosa, incapaci di saltare.

A quanto pareva non li avrebbero raggiunti.

«Voglio tornarmene a casa! Adesso!» continuò Franpesca pestando un piede per terra, sempre più arrabbiata.

«Dai, ci siamo quasi» le disse Pingu, stampandosi in faccia un sorriso incoraggiante. «Abbiamo già tre uova dorate.... Ce ne mancano soltanto due!»

La principessa sbuffò, gettandosi i lunghi capelli dietro le spalle. «E dimmi, come avresti intenzione di recuperare *quello*?»

Indicò un piccolo scoglio nero dall'altro capo del vulcano, proprio al centro della distesa di lava: il fuoco fatuo era laggiù, fluttuava sopra la quarta Mistica Pietra di Om.

Pingu si morse il labbro. Lo aveva già visto, e doveva ammettere che aveva ragione lei. Quel maledetto scoglio era troppo lontano! Come diamine potevano raggiungerlo?

«Magari un modo si trova» disse Asta, mentre con Deku aiutava Tonno a rialzarsi.

«In effetti qualcosa dobbiamo pur tentare» aggiunse l'apprendista mago.

Pingu annuì.

A quel punto Franpesca si afferrò l'orlo della

gonna e lo mise sotto al naso dei tre cugini, mostrando il punto nero e bruciacchiato in cui l'aveva sfiorata la salamandra.

«Quella è lava!» disse, gridando di nuovo. «*Lava bollente!* Non un mostriciattolo nel bosco o una torre spaventosa... Potremmo finire tutti quanti bruciati vivi, lo capite o no?»

«Calmati, Pesca» ripeté paziente Tonno.

Il cavaliere, finalmente in piedi, le si mise accanto e il procione le si strusciò sulla gonna, attorcigliandole intorno la coda. La principessa sbuffò per l'ennesima volta, prese fra le braccia la bestiola e voltò le spalle al resto del gruppo.

I tre cugini fecero un lungo respiro e tornarono a guardare il fiume infuocato.

Pingu mise una mano sulla spalla di Deku. «Dimmi che conosci un incantesimo per volare o, che ne so... per allungare un braccio, ecco!»

L'apprendista mago scosse la testa, fissando sconsolato la distesa incandescente che li separava dall'uovo d'oro.

«Proprio no» rispose. «Anche col mantello magico, non riesco ad arrivare così lontano».

Asta alzò gli occhi al cielo. «Eddai, broccolo, ce l'avrai pure un asso nella manica!»

Deku aprì la bocca per rispondergli a tono, ma d'improvviso il suo volto s'illuminò.

«In effetti sì» disse.

Mentre gli altri due si scambiavano sguardi interrogativi, l'apprendista mago tirò fuori dalla tunica le sue vecchie carte da prestigiatore.

«Ehm... non credo che ci aiuteranno granché. Serve della magia vera, qui» gli fece notare il buffone.

«Oh, invece queste sono proprio ciò di cui abbiamo bisogno» spiegò Deku. «Quando ero col mago di corte, gli ho chiesto un piccolo favore: avevo il terrore che il mio mazzo si rovinasse durante il viaggio, sapete, con la pioggia e tutto il resto... Così lui ha fatto un incantesimo alle carte e le ha rese indistruttibili».

«Vuoi dire che possono resistere anche alla lava?» chiese Asta.

Per tutta risposta Deku sfilò dal mazzo un asso di picche e gli puntò contro un dito. Una fiammata verde avvolse la carta, bruciando. Durò qualche secondo: appena il fuoco magico si spense, l'asso era ancora intatto.

«Sono a prova di tutto!» sorrise soddisfatto l'apprendista mago.

Pingu inclinò la testa da un lato. «Quindi? Che si fa?»

Deku si voltò verso il fiume di lava fumante.

«Questo» disse. E lanciò in aria la carta.

L'asso di picche salì alto sopra le loro teste. Deku schioccò le dita e la carta scintillò di luce smeraldina, poi tornò giù, tracciando una spirale e diventando sempre più grande, ancora più grande...

Plop.

Deku si ritrovò di fronte un'enorme carta da gioco che galleggiava tranquilla sulla lava, una specie di foglia gigante sull'acqua.

Ora doveva solo sperare che fosse abbastanza robusta da reggerlo!

«Sei proprio sicuro di volerlo fare?» chiese Pingu, intuendo le intenzioni del cugino.

L'apprendista mago esitò un istante, poi raccolse tutto il suo coraggio e, senza nemmeno rispondere, saltò.

L'asso di picche sobbalzò appena ci mise sopra i piedi.

Ma rimase a galla!

Deku sentì soltanto un leggero calore sotto la suola degli stivali.

C'era riuscito!

Sorrise e si preparò a saltare ancora.

Con gli occhi fissi sulla Pietra di Om che lo aspettava in fondo al vulcano, l'apprendista mago iniziò la sua corsa sulla lava. Donna di cuori, sette di fiori, fante di quadri... Di volta in volta, Deku lanciava una carta e la ingigantiva con uno schiocco di dita prima di saltarci su.

A ogni balzo sentiva il cuore battergli più forte.

Era eccitante, ma anche spaventoso! L'arancione della lava brillava vivace tra una carta e l'altra, e l'aria si faceva sempre più calda... Deku trattenne il respiro.

All'improvviso un rumore inaspettato gli fece sgranare gli occhi: proprio mentre stava saltando, il fiume fiammeggiante sotto di lui si mise a ribollire.

Subito il ragazzino si afferrò il mantello, sbattendolo con forza per cambiare direzione a mezz'aria.

Un istante dopo partì uno spruzzo di lava altissimo, una specie di piccola eruzione, e l'apprendista mago atterrò sul cinque di cuori lì vicino.

C'era mancato davvero poco!

Si asciugò il sudore dalla fronte e con gli ultimi due salti raggiunse finalmente il piccolo scoglio nero e la quarta Mistica Pietra di Om.

«Sì!» esclamò, afferrando l'uovo dorato. Poi si voltò verso i suoi amici e lo sollevò in segno di vittoria.

Dall'altra parte del fiume di lava, i quattro ragazzini scoppiarono in salti e urla di gioia. Perfino

Franpesca, che teneva ancora il broncio, batté forte le mani.

«Grande Deku!» gridò Pingu.

«Lo avevo detto, io, che era una buona idea usare la magia» disse la principessa.

Asta la fissò con la bocca spalancata. «Che cosa avevi detto *tu?*»

«Aspettate» li interruppe Tonno. «C'è qualcosa che non va. Guardate Deku!»

Pingu strizzò gli occhi per vedere meglio.

Sì, suo cugino si stava sbracciando come un matto.

«Cosa...?»

Deku indicava qualcosa alle loro spalle, allora Pingu si voltò.

Oh cavolo... le salamandre si stavano tuffando nella lava!

Franpesca impugnò di nuovo arco e frecce ma Pingu la fermò. «È inutile, sono troppe. Non puoi colpirle tutte!»

Le creature stavano già riemergendo, arrampicandosi sull'isolotto che ospitava i ragazzini.

«Via di qui!» gridò Pingu. «Sulle carte!»

Asta non se lo fece ripetere e saltò su un jolly nero. Franpesca e il suo procione fecero lo stesso, raggiungendo con un paio di salti la donna di cuori. Pingu e Tonno si ritrovarono entrambi sul fante di quadri.

«Venite!» urlò Deku, che nel frattempo era tornato su un tre di fiori poco distante.

Gli altri quattro raggiunsero la carta dell'apprendista mago.

Intanto le salamandre si tuffarono di nuovo, poi nuotarono, puntandoli. Venivano tutte verso di loro ed erano fin troppo rapide...

«Ho un'idea per uscire da qua» disse Deku. «E non vi piacerà per niente».

Con uno schiocco di dita spinse magicamente il tre di fiori verso il punto dal quale, poco prima, era partita la piccola eruzione. Appena sentirono la lava ribollire sotto di loro, anche gli altri intuirono cosa stava per succedere e di colpo si fecero tutti serissimi.

«Tenetevi forte» li avvertì lui.

«*A cosa*, esattamente?» ribatté Franpesca.

Le salamandre erano sempre più vicine. Le loro code spuntavano come pinne di squalo dal fiume di fuoco.

«S-sapete c-cosa fa un vulcano quando è sporco?» balbettò Asta, per spezzare la tensione.

Il gorgoglio sotto di loro divenne più forte.

La carta cominciò a tremare.

«Si *laVAAAAAA*!»

Lo spruzzo infuocato esplose più forte di prima.

I cinque amici furono sparati in alto, verso la bocca del vulcano, verso il cielo azzurro.

Verso l'uscita.

CAPITOLO 13

L'ULTIMA PIETRA DI OM

Il tre di fiori schizzò fuori dal vulcano come il tappo di una bottiglia di spumante, con sopra i cinque amici urlanti, che da lì ora potevano vedere tutto il mondo dall'alto.

La foresta rigogliosa, la vallata immensa, i tanti villaggi colorati, il castello laggiù...

Pingu spalancò gli occhi dalla meraviglia.

«Cavolo!»

«Wow!»

«Magico!»

Durò qualche istante, poi la carta ripiombò giù in picchiata, atterrando con un tonfo e scivolando lungo la fiancata rocciosa della montagna.

«Come si ferma quest'affare?» gridò Franpesca.

Tra uno scossone e l'altro, lasciandosi dietro

una nuvola di polvere e sassi, la carta prendeva sempre più velocità.

«Mi sa tanto che fermarsi non sarà un problema!» esclamò Asta, puntando un dito davanti a loro.

Infatti, più giù, ecco dei grossi spuntoni di pietra dall'aspetto minaccioso.

«Finiremo per sbatterci contro!» urlò Pingu. «Deku, fa' qualcosa!» aggiunse, strattonandolo per la tunica.

L'apprendista mago lanciò una rapida occhiata nei paraggi.

«Ci penso io!» disse. «Spostatevi sulla destra!»

Gli altri obbedirono e la carta deviò la traiettoria verso una grossa pietra inclinata.

«Così la centriamo!» protestò Tonno.

Deku si chinò, preparandosi all'impatto. «È quello il piano!»

«Centrare una roccia!?» urlò Asta terrorizzato.

«Ma no!» gli rispose il cugino. «Finire su una rampa di lancio!»

E in quel momento la carta da gioco salì con un sobbalzo sopra la pietra, poi venne lanciata di nuovo in alto.

Fu allora che il mantello magico di Deku si spalancò a mo' di paracadute.

«Stiamo rallentando!» disse Pingu, e indicò davanti a sé. «Lì c'è un pezzo pianeggiante».

Deku armeggiò con gli angoli del mantello e i ragazzini planarono dolcemente su una sporgenza della montagna. Scesero tutti dalla carta da gioco, dopodiché l'apprendista mago la fece tornare alle sue solite dimensioni.

«Uffa, però» disse rimettendola nel mazzo. «Ho lasciato almeno cinque carte dentro al vulcano».

In risposta gli arrivò un piccolo pugno ossuto sul braccio.

«AHIA!»

«La prossima volta che ti viene in mente di farci dare una spintarella da un'eruzione, almeno avvisaci! *Scriteriato!*» sbottò Franpesca, un po' pallida.

Deku si massaggiò la spalla dolorante. «Scriteriato?» chiese stupito.

Franpesca scosse la testa. «Ah, sono gli stupidi nuovi ricordi da principessa...»

«Dai, avete davvero la forza di litigare?» s'intromise Pingu. «Riposiamoci, piuttosto, finché possiamo».

Gli altri annuirono e si sedettero per terra.

Asta addirittura si coricò, incurante dei sassi

appuntiti sparsi dappertutto. Tra la nuotata, il tizio incappucciato, le salamandre e il resto, era stata una mattinata impegnativa. Non c'era mica abituato! Nei videogiochi non era tutto così stancante...

«C'è rimasto anche qualcosa da mangiare» annunciò Pingu. Per fortuna quella mattina aveva infilato anche un po' di cibo nella sacca, insieme alle uova dorate.

Ognuno prese un pezzo di pane e del formaggio, e il buffone stette molto attento a evitare le veloci zampette del procione di Franpesca.

Certo che da lassù sovrastavano proprio l'intera foresta... che spettacolo! E l'aria fresca era davvero piacevole dopo il caldo soffocante del vulcano. Mangiarono in silenzio, godendosi il sole e il vento sulla faccia.

«Chi si rivede!» esclamò Deku a un certo punto, alzando gli occhi verso la cima.

Il fuoco fatuo era appena rispuntato dal cratere.

Per una volta erano stati loro a lasciare indietro lui!

La fiamma azzurrina li raggiunse, fece un paio di giri e poi si fermò sopra la sacca che conteneva ben quattro delle Mistiche Pietre di Om.

«Ci manca solo l'ultima» sorrise Tonno. «Ormai è fatta».

«Non dirlo, Baccalà!» esclamò Asta. «Porti iella!»

«Non chiamarmi Baccalà!»

«Va bene, Merluzzo».

Il cavaliere sollevò minaccioso un pugno di ferro e il buffone si ritrasse.

«Piantatela» disse Pingu, mandando giù l'ultimo boccone. «E comunque non cantiamo vittoria troppo presto. Ci resta una pietra da recuperare, è vero, ma non abbiamo più i cavalli. Per quanto ne sappiamo, potrebbe essere dall'altra parte del regno!»

«Ehm...»

Deku tirò il cugino per una manica, facendolo voltare.

Il fuoco fatuo brillava di nuovo di viola.

«Come non detto» fece Pingu. «Almeno ho fatto in tempo a finire il formaggio!»

E balzò in piedi.

La fiamma magica seguì una striscia di roccia che costeggiava il vulcano come una stradina, girandoci intorno.

Pingu fece del suo meglio per non guardare giù.

Già detestava l'altezza, e lì poi... un solo passo falso e sarebbe rotolato fino a valle!

Asta invece procedeva sicuro: da quando era diventato un buffone giocoliere, aveva un ottimo senso dell'equilibrio. Dietro di lui, Deku e Tonno avanzavano a piccoli passi. Il primo per paura di inciampare nella tunica, il secondo per via dell'armatura, che rendeva goffo ogni suo movimento. Franpesca, in coda al gruppo, camminava tranquilla con tanto di procione in spalla.

Dopo mezzo giro del vulcano, finirono dalla parte opposta rispetto a dove erano sbucati, e il fuoco fatuo schizzò in avanti.

Puntava proprio un nido d'uccello costruito su una grossa roccia sporgente.

Pingu si grattò la testa. C'era qualcosa di sbagliato... ma cosa?

Ma certo! Il nido era troppo grande!

Anzi no.

Era proprio enorme!

Fece ancora qualche passo e capì che non era formato da ramoscelli, ma da veri e propri rami. Qualunque uccello lo avesse costruito, doveva essere gigantesco...

«Dobbiamo avvicinarci per forza?» chiese Asta.

Pingu guardò il fuoco fatuo che volteggiava in cerchio proprio lì sopra. «Abbiamo altra scelta?» disse.

Impugnò il bastone da combattimento e avanzò facendo meno rumore possibile. Se c'erano dei pulcini, era meglio non svegliarli...

Quando fu abbastanza vicino, si alzò in punta di piedi e sbirciò dentro al nido.

«Allora, ci sono delle uova?» chiese il buffone.

«*Ssst!* No».

«Degli uccelli giganti?» sussurrò Deku.

«Nemmeno».

Pingu deglutì.

Rosse scaglie lucenti, lunghe code spinate, ali membranose... non c'erano dubbi, era davanti a quattro cuccioli di drago!

Per fortuna dormivano profondamente.

Intanto l'apprendista mago e il buffone l'avevano raggiunto.

«Filiamo subito via da qui!» sussurrò ancora Deku.

Pingu fece un cenno con la testa. Ecco l'uovo dorato! Era seminascosto proprio tra... i quattro mostriciattoli!

«O-okay» disse piano Asta. «Però ci vai tu a prenderlo».

«E perché?» ribatté Pingu.

«Finora ne abbiamo preso uno a testa» rispose il buffone. «Questo tocca a te!»

Deku annuì. «In effetti è vero».

Pingu non provò neanche a replicare. Se per una volta i suoi cugini erano d'accordo, non aveva alcuna speranza di averla vinta.

Sospirò e scavalcò il bordo del nido.

Tlick.

Pingu trasalì. Fece un altro passo.

Tlick tlick.

Uno dei cuccioli si girò sul fianco e una goccia di sudore freddo scese sulla fronte di Pingu.

Era impossibile non far rumore camminando su dei rami!

Poco dopo anche gli altri draghi cominciarono a muoversi nel sonno. Uno sbatté la punta della coda contro il piede di Pingu, che lo ritrasse all'istante.

«Cerca di tenerli addormentati» gli suggerì Franpesca a bassa voce. Ora c'erano anche lei e Tonno, accanto a Deku e Asta.

«E come?» sillabò Pingu senza emettere alcun suono.

Deku si batté un dito sulla fronte. «Oh, i draghi sono sensibili alla musica... ricordo da mago!» disse agli altri, poi fissò Pingu e gli sillabò: «Ninna nanna».

Pingu annuì, ma non aveva alcuna intenzione di mettersi a cantare, così tirò fuori il suo cellulare.

Incrociò le dita e...

Sì! La batteria indicava il dieci per cento... Bastava e avanzava!

Rintracciò la cartella con le suonerie e le scorse. Intanto il respiro dei draghetti si faceva sempre più inquieto.

Eccola!

Premette play sulla voce 'carillon': un motivetto lento come quello dei giochini per neonati si diffuse dolcemente.

Le creature si calmarono all'istante.

Mentre le note riempivano l'aria, Pingu si fece strada verso l'uovo dorato. Quando finalmente lo prese fra le mani, il fuoco fatuo tornò azzurro proprio accanto a lui.

Quasi non ci credeva: aveva appena recuperato l'ultima Mistica Pietra di Om!

Sollevò lo sguardo tutto contento, ma il sorriso gli si gelò in faccia.

I suoi amici avevano tutti delle espressioni terrorizzate... Perché? I cuccioli dormivano ancora beati, lui aveva preso l'uovo, doveva solo uscire da quel nido e...

Fu allora che sentì una folata di vento e un battito d'ali alle sue spalle.

Un'ombra gigantesca si stagliò su di lui.

Mamma drago era tornata.

CAPITOLO 14

IL DRAGO E L'ADDESTRATORE

Pingu rimase imbambolato. Davanti a lui c'era senza dubbio l'animale più incredibile che avesse mai visto!

Le scaglie del drago erano di un bel rosso fiammante, lucide come vetro, e i suoi grandi occhi gialli ricordavano quelli di un gatto. Aveva due corna nere ricurve sopra le orecchie, mentre altre due più piccole gli spuntavano sulla fronte.

Pingu deglutì.

Gli sarebbe bastato allungare un braccio per accarezzare la creatura, ma non aveva il coraggio di muoversi. Riuscì appena a spegnere il telefonino e infilarselo in tasca con un unico gesto lentissimo.

In quel silenzio improvviso, si udiva soltanto il respiro possente del drago e Pingu d'un tratto si rese conto di quanto sembrasse minaccioso...

Ora il ragazzino era letteralmente pietrificato.

Che fare?

Poteva fingersi morto. A scuola gli avevano spiegato che con alcuni animali funzionava... Oppure poteva tentare di calmarlo, e poi fuggire a gambe levate... Ma come si calmava un drago? Dicendogli 'a cuccia'?

Inaspettatamente, fu la creatura a parlare per prima.

«Alla buon'ora, giovane umano!» disse con voce calda e profonda. Poi scrollò il corpo gigantesco, ripiegando le enormi ali e sistemandosi meglio sul terreno roccioso.

Pingu strabuzzò gli occhi.

«M-mi s-stavi aspettando?» balbettò.

La creatura annuì con aria solenne. «Nulla accade per caso, giovane umano. C'è una precisa ragione se hai trovato qui, nel mio nido, la Mistica Pietra di Om».

Il ragazzino si rigirò il prezioso oggetto fra le mani. Le incisioni sulla superficie dorata luccicarono al sole.

«Quindi sai delle pietre» disse. «Non l'hai raccolta per sbaglio».

Il drago emise un gorgoglio simile al crepitio

delle fiamme e Pingu trattenne il fiato, impaurito, ma dopo capì che la bestia stava solo ridendo.

«Hai davanti a te un essere millenario, giovane umano, non uno scoiattolo o uno stolto goblin. Noi draghi non raccattiamo oggetti a caso, rammentalo per il futuro».

La creatura si sporse appena, allungando il collo verso l'uovo dorato.

«A quel tempo ero ancora giovane e ai miei primi voli, ma ricordo bene quando il Sommo Stregone Om forgiò le sue pietre ricorrendo alla magia bandita. Conosco la natura di questi manufatti come ne conosco l'incommensurabile potere».

Un movimento all'interno del nido lo interruppe. Qualche occhietto giallo si aprì qua e là, una zampetta scalciò quella del fratello, un paio di alucce batté a casaccio... I piccoli si stavano svegliando!

Mamma drago si chinò su di loro ed emise un suono dolce dal profondo della gola, come le fusa di un gatto, mentre li accarezzava uno a uno col muso.

Pingu ne approfittò per voltarsi verso gli altri.

«Incredibile, no?» esclamò, ma si accorse subito che qualcosa non andava.

Tonno e Franpesca lo guardavano con gli occhi sbarrati, e Asta era pallidissimo. Perfino il procione aveva il pelo ritto sulla schiena.

«Pingu» sussurrò Deku, senza distogliere lo sguardo dal drago. «Muoviti molto lentamente verso di noi. Appena quel bestione si distrae, scappiamo».

«E perché?»

«Potrebbe sbranarci tutti, ecco perché!» sibilò Franpesca.

«A me sembra gentile» ribatté Pingu. «E poi ha detto che conosce la storia delle pietre magiche...»

«Come sarebbe 'ha detto'?» chiese Deku.

Il drago fece risuonare di nuovo la sua risata gorgogliante e Pingu tornò a voltarsi verso di lui.

«Di quante cose non sei a conoscenza, giovane umano!» disse la creatura. «I tuoi compagni non comprendono le mie parole. Per loro sono solo versi confusi, ruggiti e rantoli».

«E perché io, invece, ti capisco?»

«Perché tu non sei come loro» rispose il drago. «Tu sei speciale».

Si avvicinò ancora, fino ad arrivare a un palmo dal viso di Pingu, che ora sentiva il calore e l'odore del suo fiato. Sapeva di carbone e fumo.

La creatura chiuse gli occhi e lo annusò a fondo.

«Sì, proprio come pensavo» disse riaprendoli. «Tu sei un addestratore».

Pingu corrugò la fronte. «Addestratore *di cosa*?»

«Di creature» rispose il drago. «Per questo puoi udire la mia voce. E ciò spiega anche i tuoi indumenti, giovane umano. Avrai notato che sono quantomeno... particolari».

Pingu abbassò lo sguardo su di sé. «Be', sì... Ho addosso un costume da pinguino!»

«Ogni addestratore ha un suo animale guida, del quale spesso veste i panni. Se ti concentri, dovresti percepirlo». La creatura sollevò la coda, indicando la fronte di Pingu. «Proprio qui dentro».

Allora il ragazzo chiuse gli occhi e fece dei respiri profondi.

In effetti, riflettendoci, era l'unico del gruppo a non aver ancora mostrato nuovi ricordi o nuove abilità...

Almeno fino a quel momento.

Quindi poteva essere davvero un addestratore?

Noot noot!

Pingu riaprì gli occhi di scatto. Aveva appena sentito il verso del suo pinguino interiore? O forse se l'era solo immaginato...

«Non sottovalutare il tuo potere, giovane umano» disse il drago. «Hai un dono molto raro. Per questo ho voluto incontrarti».

«Che intendi?» chiese Pingu.

«Ho avvertito l'energia delle Mistiche Pietre di Om nell'attimo stesso in cui le avete adoperate per varcare lo soglia fra i mondi, e allora ho anche fiutato l'inconfondibile odore di un addestratore.

Così ho deciso di trovare e custodire una delle pietre finché tu non fossi giunto a recuperarla».

Il dragò si spostò di nuovo, scivolando all'interno del nido.

«Si può sapere che accidenti stai facendo?» chiese Deku, raggiungendo Pingu.

Poco più indietro, Franpesca aveva l'arco teso, con una freccia pronta a essere scoccata. Tonno, accanto a lei, teneva alto lo scudo magico e Asta fissava il drago con terrore, stringendo le sue sfere da lancio.

«Mettete via le armi!» esclamò Pingu. «Non è pericoloso. Mi ha detto che sono un addestratore di creature, cioè uno che può parlare con gli animali».

Franpesca continuò a tenere la bestia sotto tiro.

«Ne sei sicuro?» chiese.

«Me lo ha appena detto un drago... direi che è già una bella dimostrazione che riesco a comunicare con le creature!»

La principessa abbassò la guardia e con lei anche gli altri.

Nel frattempo Pingu si sfilò la sacca che portava sulle spalle e finalmente riunì tutte e cinque le Mistiche Pietre di Om.

«Ci siamo riusciti!» disse soddisfatto.

Deku si voltò a guardare la foresta sconfinata sotto di loro. «Ora non ci resta che raggiungere la radura».

«Più facile a dirsi che a farsi» precisò Franpesca. «Soprattutto a piedi».

D'improvviso il drago spalancò le ali, sollevando turbini di polvere e pietruzze.

«Vi porterò io» disse, anche se solo Pingu capì le sue parole.

«Davvero lo faresti?» chiese lui.

«Ho un debito da onorare, addestratore». La coda dell'animale si mosse come un serpente, attorcigliandosi intorno al nido. «Avete trovato i miei piccoli addormentati e indifesi. Potevate ferirli... ucciderli, perfino. Invece non avete fatto loro alcun male».

In realtà Pingu era certo che non avrebbero mai avuto la meglio su quattro cuccioli di drago, ma ovviamente non contraddisse la creatura. Anzi, c'era un pensiero che non riusciva a scacciare e, ora che si sentiva al sicuro con quell'enorme animale, prese coraggio.

«Ma il Sommo Stregone Om» disse, «quello che ha creato le pietre magiche... È ancora vivo?»

Il drago studiò Pingu con i suoi grandi occhi dorati. «Ne dubito. Perché me lo chiedi?»

«Qualcuno voleva impedirci di recuperare le pietre» spiegò lui, rivedendo nella mente la figura incappucciata. «Pensavo che forse...»

La creatura scosse la testa. «Non è Om, colui che vi sbarra il cammino».

«E chi, allora?»

«Il potente Lord Penngwen. È lui lo stregone che si oppone alla riuscita della vostra impresa».

Al suono di quel nome, Pingu avvertì un brivido lungo la schiena.

«Penngwen» ripeté sottovoce.

«Come hai detto?» s'intromise Franpesca.

«È il nome dell'uomo incappucciato. Me lo ha appena rivelato il drago».

La principessa si rabbuiò.

«Che c'è?» chiese Pingu.

Franpesca si morse il labbro. «Niente».

Pingu le lanciò un'occhiataccia. «Fra', spara!»

«Be', è strano» disse lei, torcendosi le mani. «Vedi, tutte le principesse studiano l'antica lingua del regno, perciò ora la conosco anch'io. E il nome che hai pronunciato è una parola con un significato preciso».

Pingu sospirò. Dal tono dell'amica era chiaro che erano in arrivo altri guai.

«E che vuol dire 'Penngwen'?»

Franpesca esitò, soffermandosi per la prima volta a osservare per bene il costume dell'amico.

Poi lo fissò negli occhi.

«Significa 'pinguino'».

CAPITOLO 15

GUAI ALL'ORIZZONTE

Pingu studiò il proprio riflesso nello scudo di Tonno.

Era davvero confuso. Doveva ancora capire bene la faccenda dell'addestratore, e adesso pure questo! 'Penngwen' voleva dire 'pinguino', proprio come il suo soprannome, proprio come lo strano costume che indossava in quel mondo... Quindi c'era un collegamento tra lui e lo stregone?

Il ragazzino scosse la testa. Non sapeva più che pensare!

«Magari è solo una coincidenza» mormorò Francesca.

Pingu la guardò dritto negli occhi. «Lo credi davvero?»

La principessa storse la bocca, senza rispondere. Non le piaceva mentire.

«Senti, Pingu» intervenne Deku. «Lo so che è tutto parecchio strano, ma starcene qui a rimuginare non risolve niente. Seguiamo il piano: raggiungiamo la radura e torniamocene a casa».

«Ragazzi...» disse Tonno, piano.

Ma Asta lo interruppe. «Giusto! Quel tizio incappucciato può farsi chiamare come vuole! Chi se ne importa!»

«Ragazzi...» insistette il cavaliere.

«Tanto ormai le pietre le abbiamo recuperate, alla faccia sua!» continuò il buffone.

«Ragazzi!» disse Tonno più forte. «Guardate lì!»

Le uova dorate stavano brillando, proprio come il giorno in cui le avevano trovate.

«Drago, perché luccicano?» chiese Pingu. «Si stanno attivando?»

«Giudica tu stesso, addestratore» rispose la creatura, indicando il cielo col muso.

Pingu alzò subito lo sguardo e gli altri lo imitarono: sul sole era apparso uno spicchio di tenebra.

«L'eclissi» sussurrò Deku. «È cominciata!»

A quel punto il drago abbassò il testone fino a trovarsi all'altezza di Pingu.

«I tuoi compagni hanno ragione, addestratore»

disse. «Ci sarà un momento per chiarire i tuoi dubbi e svelare i segreti. Ma non ora. Non qui».

Pingu notò lo sguardo della creatura. Gli ricordò lo strano modo in cui l'aveva fissato il mago di corte quando aveva accennato al suo destino.

«Tu sai qualcosa» disse.

Il drago chiuse gli occhi, inspirò a fondo e li riaprì lentamente.

«Non ho certezze. E un drago non pronuncia mai inutili ipotesi. Un drago dice ciò che sa, altrimenti tace».

Il bestione sollevò la testa verso il sole. I suoi occhi antichi riuscivano a guardarlo senza battere le palpebre.

«Il tempo stringe. L'eclissi avanza. Siete pronti a partire?»

Pingu capì che era inutile insistere. Annuì alla creatura e si voltò verso gli altri.

«Il drago ci porterà in volo fino alla radura» li avvertì.

Franpesca guardò il mare di alberi che si estendeva a perdita d'occhio sotto di loro.

«Magnifico... ma come accidenti facciamo a trovarla?» chiese.

Un crepitio improvviso fece voltare tutti: la fiamma del fuoco fatuo crebbe di colpo e si accese di uno splendente color oro. Dopodiché schizzò nel cielo come una meteora.

In un attimo divenne un puntino luminoso in lontananza.

«Visto? Bastava chiedere!» disse Asta.

Il drago si fece avanti, appiattendosi il più possibile al suolo. Pingu ripose le Pietre di Om nella sacca e saltò sul dorso del bestione. I suoi amici, dopo qualche esitazione, fecero lo stesso. Per ultimo salì il procione.

Il drago si sollevò lentamente sulle zampe.

Un singolo colpo d'ali e furono in aria.

Per la seconda volta nella stessa giornata, i ragazzini si ritrovarono a salire in alto fra le nuvole e il cielo azzurro.

Questa volta, però, non sarebbero ripiombati subito giù!

Pingu controllò alle sue spalle che nessuno fosse scivolato durante il decollo.

«Magico!» gridò Deku, ammirando il mondo che scorreva sotto di loro.

L'apprendista mago stava al centro, premuto tra

Tonno e Franpesca. Più indietro, appena prima della coda, Asta era aggrappato alla meno peggio a uno dei tanti spuntoni della creatura.

«Io preferisco i cavalli!» urlò il buffone, bianco dalla paura.

Il drago prese quota mentre il fuoco fatuo si fermò all'improvviso.

Ora brillava davanti a loro, immobile sopra le chiome degli alberi.

«È molto lontano?» gridò Pingu, cercando di farsi sentire dal drago.

«Non per le mie ali, addestratore» rispose la creatura. Poi aggiunse qualcos'altro ma un tuono inghiottì le sue parole.

Pingu guardò il cielo sopra le loro teste.

Quando erano comparsi tutti quei nuvoloni?

«Sta succedendo qualcosa!» esclamò Franpesca.

Il vento soffiò più forte e un secondo tuono rimbombò nell'aria. Il cielo si fece grigio.

«Forse dovremmo atterrare» gridò Pingu, spostandosi più vicino alle orecchie del drago. «Sta arrivando una tempesta!»

«Non è una tempesta» rispose la creatura. «Guarda con più attenzione, addestratore».

Nonostante l'aria gelida sulla faccia, Pingu

strinse gli occhi per vedere meglio e subito dopo li sgranò dallo stupore.

No!

Non poteva essere!

Eppure...

«È lo stregone!» urlò Deku.

Una saetta squarciò il cielo scuro e illuminò le nubi vorticanti all'orizzonte: avevano davvero la forma di un'enorme figura incappucciata!

«Oh, cavolo!» esclamò Asta.

Un terzo tuono scosse l'aria. Insieme al boato risuonò la voce di Lord Penngwen.

«Vi ho avvertito una volta» disse. «Ve lo ripeto: desistete. Abbandonate la vostra missione».

Il vento ormai spazzava il cielo con una forza inaudita, tanto da far tremare le ali del drago.

«Tornate indietro» ripeté.

Il volo del drago rallentò e la creatura rimase sospesa a mezz'aria, in balia delle folate tempestose.

«Cosa vuoi che faccia, addestratore?» chiese.

Pingu respirò a fondo.

Il fuoco fatuo era ancora lì, davanti a loro, un faro dorato che indicava la radura.

Mancava così poco...

«Non possiamo arrenderci ora!» gridò Franpesca.

Pingu annuì. «Andiamo!» disse al drago.

La creatura batté le ali più forte ma nello stesso istante lo stregone sollevò un braccio fatto di nuvole scure.

Un fulmine sfrecciò nel cielo.

Il drago riuscì a evitarlo, ma i ragazzini sentirono l'aria fremere al suo passaggio e il suo bagliore li accecò, costringendoli a chiudere gli occhi.

Quando li riaprirono, erano molto più in basso.

«Mi dispiace, addestratore» disse il drago. «Spero riterrai ripagato il mio debito, ma non posso condurvi oltre. I poteri di Lord Penngwen sono temibili e la sopravvivenza dei miei cuccioli dipende dal mio ritorno».

«Certo» rispose Pingu, mentre la creatura planava su una distesa al limitare della foresta.

Appena il drago poggiò i suoi artigli sul terreno, il vento si placò all'istante, come anche il fragore dei tuoni.

Il cielo però rimase scuro.

«L'eclissi va avanti» disse Deku, guardando in alto. «Metà sole è già coperto».

«Dovremo continuare a piedi» spiegò Pingu. «Il

drago non può portarci più avanti o rischia di finire fulminato».

Il bestione si abbassò, aspettò che i ragazzini scendessero dalla sua schiena e spiccò nuovamente il volo verso il vulcano.

Deku scoccò a Pingu un'occhiata preoccupata, poi tornò a scrutare il cielo. Le nuvole temporalesche si erano disperse veloci come erano apparse.

«Non credo che Penngwen si arrenderà così facilmente» disse l'apprendista mago.

«Be', ci troverà pronti a combattere» disse Franpesca agguerrita, arco in pugno.

Pingu, Deku e Tonno annuirono, sfoderando ognuno la propria arma.

Poi tutti si voltarono verso Asta, pallido e tremante.

«E va bene!» si arrese il buffone. Tirò fuori anche lui le sue sfere da giocoliere. «Tutti per uno e uno per tutti... Basta che non mi fate più volare!»

I cinque ragazzini scoppiarono a ridere e si incamminarono verso la foresta. In alto, il fuoco fatuo indicava loro la direzione da seguire.

Fu allora che un vento improvviso fece tremare ogni singolo ramo.

«Avete avuto la vostra possibilità di salvarvi».

La voce di Lord Penngwen echeggiò tra le fronde.

I ragazzini si strinsero l'un l'altro.

Dopodiché un rumore alle loro spalle li fece voltare di scatto.

CAPITOLO 16

CORRETE!

Una mano grigia emerse dal terreno.

Poi un'altra.

E un'altra ancora.

Pingu e i suoi amici indietreggiarono.

«Deku» disse Franpesca. «Cosa sono?»

Il ragazzino provò a concentrarsi per ripescare nella mente qualche ricordo da mago, ma la vista di quelle mani spaventose non aiutava affatto!

«Ehm... Lasciatemi pensare...»

Le mani grigie graffiarono e scavarono finché, accanto a loro, ecco spuntare altre cose, tonde e bitorzolute...

Teste? Erano delle teste!

«Ci sono!» esclamò Deku. «Nani! Sono nani oscuri». Ne indicò un paio di cui già si vedeva la faccia. «Vivono sottoterra e vengono in superficie solo se evocati con la magia bandita! Ci vuole uno stregone davvero potente per farlo».

I ragazzini indietreggiarono ancora.

Decine di creature stavano venendo fuori dal terreno: piccoli omini dalla pelle color pietra, con occhi completamente bianchi e barbe blu scuro, incrostate di terriccio. Alcuni di loro impugnavano delle asce corte. Altri avevano delle piccole mazze chiodate.

«C-come si sconfiggono?» balbettò Asta, tremando tutto.

«In realtà non sono molto forti» spiegò l'apprendista mago. «Il problema è un altro...»

Il primo nano oscuro partì all'attacco e si beccò subito una freccia in piena fronte, sgretolandosi in un mucchietto di sassolini.

«Cioè?» chiese Franpesca. Tese ancora l'arco e si preparò a un nuovo tiro.

Deku fece un cenno con la testa mentre altre cinque, dieci, venti manine grigie spuntavano dal nulla.

«Che sono tantissimi!» rispose l'apprendista mago. Schioccò le dita e scagliò le sue saette smeraldine sui nemici più vicini.

I nani caddero all'indietro, ma rimasero illesi.

In un attimo erano di nuovo in piedi, pronti ad attaccare!

«È come se fossero fatti di roccia!» esclamò Deku. «I miei fulmini li rallentano soltanto!»

Nel frattempo Tonno respinse un paio di creature col suo scudo portentoso, mentre Pingu agitava il bastone per non farle avvicinare. Perfino Asta, impaurito più che mai, lanciò le sue sfere dritte sui nasi di tre nani appena emersi dal terreno.

Ma per ogni essere oscuro che indietreggiava, ce n'erano altri che prendevano il suo posto.

«Così è inutile!» disse Pingu, tra un colpo di bastone e l'altro. «Deku, ci serve un diversivo!»

L'apprendista mago sollevò entrambe le mani e i cristalli sui suoi guanti brillarono all'istante.

«Tenetevi pronti!» avvertì. «Ci farà guadagnare giusto un po' di tempo».

I ragazzini annuirono, gettando un'occhiata veloce alla foresta dietro di loro.

«Ora!» gridò Deku.

Una raffica di saette si sprigionò dalle sue dita, colpendo i nani oscuri e scaraventandoli lontano.

«Correte!» urlò Pingu.

I cinque amici schizzarono fra gli alberi. Pingu fu subito in testa, con Asta accanto a lui.

Superarono con un balzo una radice nodosa, dopodiché si abbassarono per evitare un grosso ramo.

Pingu usò il bastone da combattimento per farsi strada fra i cespugli. La foresta in quel punto era particolarmente selvaggia. Rocce, rovi, buche... Bastava distrarsi un attimo per finire col ruzzolare a terra! Così il ragazzino andò più veloce che poté. Ormai non sentiva più i passi degli altri, né lo sferragliare dell'armatura di Tonno...

Deku, più indietro, lanciò qualche altro fulmine alle sue spalle, ma ottenne soltanto delle deboli scintille.

«Maledizione!» ansimò l'apprendista mago, correndo a più non posso. «Ho esaurito l'energia magica!»

Franpesca, accanto a lui, faticava a tenere il passo: la sua gonna si impigliava di continuo. Quando la principessa cominciò a rallentare, Tonno la raggiunse e tranciò con la spada i rami che la ostacolavano.

I nani oscuri intanto guadagnavano terreno.

«Tonno! Fra'!» gridò Deku, che si era fermato ad aspettarli. «Muovetevi!»

La principessa respirò a fondo. Guardò prima il suo ingombrante vestito, poi le orride creature barbute che li inseguivano. Erano sempre di più e sempre più veloci, con gli occhietti bianchi che spiccavano sulle facce grigie...

«Al diavolo!» esclamò Franpesca.

Afferrò l'arco e incoccò una freccia.

«Pesca, no!» esclamò Tonno, ma la principessa aveva già scoccato.

Il nano più vicino divenne polvere e subito un'altra freccia centrò quello dietro di lui.

«Fra', smettila!» gridò Deku.

L'apprendista mago tornò indietro, lanciando altre inutili scintille sui nemici.

Franpesca lo ignorò e tese di nuovo l'arco.

L'attimo dopo Deku era accanto a lei. «Sono troppi, non riuscirai mai ad abbatterli tutti!»

«Ti prego, Pesca. Andiamo!» la supplicò Tonno.

Lei guardò entrambi negli occhi e scosse la testa.

«Lo vedete il mio vestito?» disse, continuando a scoccare. Le sue frecce sibilavano nell'aria e colpivano un nano dopo l'altro. «Non è fatto per correre in mezzo a una foresta. Finirò comunque impigliata e mi prenderanno».

Intanto il suo procione correva qua e là, facendo inciampare le creature oscure.

«Quei mostriciattoli sono tanti, ma le mie frecce sono *infinite*» continuò la principessa. «Ecco il nuovo piano: voi andate avanti mentre io li tengo a bada, attivate quello stupido vortice magico e ce ne torniamo tutti quanti a casa».

Tonno deglutì. «Si può fare?»

«Non so se funziona così» rispose l'apprendista mago. «Cioè, se dobbiamo essere tutti insieme o...»

«Dovrà funzionare» disse Franpesca decisa. «È l'unico modo».

Un'altra freccia, un altro centro.

«Spicciatevi ora, o sarà tutto inutile!» urlò la principessa.

Deku annuì e scattò di corsa sulla scia di Pingu e Asta. Invece Tonno rimase dov'era.

«Non fare lo scemo, vattene!» disse Franpesca, senza nemmeno voltarsi.

Per tutta risposta il cavaliere scattò in avanti e affondò la spada nel petto di un nano che stava per raggiungerli. Poi girò su se stesso e parò con lo scudo il colpo d'ascia di un'altra oscura creatura, facendola indietreggiare.

«Tu pensa a quelli più lontani» disse, più deciso che mai. «Io faccio a fette quelli che si avvicinano».

Franpesca lo guardò e sorrise.

Chi l'avrebbe mai detto?

Tonno… così valoroso!

Mentre lui finiva il secondo nano, la principessa salì su una roccia lì accanto per vedere meglio, poi lanciò un'altra freccia che centrò la barba blu di un nano armato di mazza. La creatura si sgretolò e lei tese di nuovo l'arco, pronta a colpire ancora.

Il suo braccio cominciava a stancarsi, ma non le importava. Doveva continuare a tendere, mirare e scoccare.

Solo così sarebbe potuta tornare al castello!

No, aspetta...

A casa! Doveva tornare *a casa*!

«Pesca, stai bene?» chiese Tonno, tornando vicino a lei.

La ragazzina annuì, anche se non ne era così sicura. I suoi ricordi si stavano di nuovo confondendo con quelli della principessa... Batté le palpebre un paio di volte. Non aveva tempo per preoccuparsene, ora. Doveva restare concentrata!

Riprese a scagliare un colpo dopo l'altro.

A ogni freccia, però, aveva la sensazione di perdere un pezzetto di memoria.

Lei era Franpesca e voleva tornare a casa...

Incoccò e tirò ancora.

Lei era Franpesca e voleva...

Un'altra freccia, un altro nano abbattuto.

Lei era Franpesca...

Tonno, intanto, si muoveva veloce e sicuro, fendendo l'aria con la sua spada lucente e sbaragliando ogni nemico che si avvicinava. In quel momento, sotto il peso dell'armatura e tra lo stridore delle armi, si sentì fiero di sé. Non era più un ragazzino, ma un vero guerriero che difendeva la sua amata.

E così restarono lì, principessa e cavaliere, uno accanto all'altra ad affrontare i nani oscuri che avanzavano numerosi come formiche.

CAPITOLO 17

A OGNI COSTO

Nel frattempo Deku, un po' correndo e un po' svolazzando, raggiunse i suoi cugini e insieme proseguirono la corsa.

«Dove sono Fra' e Tonno?» chiese Pingu.

L'apprendista mago scosse la testa. «Sono rimasti indietro per bloccare i nani».

«Cosa?!» esclamò Asta.

«È che il vestito della principessa continuava a impigliarsi...» cominciò a spiegare Deku.

«Vuoi dire il vestito *di Franpesca*» lo corresse Pingu.

Il ragazzino si strinse la testa fra le mani, senza smettere di correre. «È tutta colpa dei ricordi da mago... Mi scoppia il cervello!»

Pingu lanciò un'occhiata veloce alle sue spalle. «E li lasciamo indietro così?» chiese guardando Deku.

«Senti, Franpesca sa il fatto suo» rispose l'apprendista mago, riprendendo il controllo di sé. «Ha il suo arco e le sue frecce infallibili. Noi dobbiamo sbrigarci ad attivare le pietre magiche e chiudere quest'assurda storia».

Asta gli si accostò, ansimando. «Quindi basta che uno di noi riesca a posizionare le uova dorate, per tornare tutti quanti a casa?»

«Lo spero» annuì Deku, e accelerò il passo.

I tre cugini superarono un muro di cespugli e sbucarono in una piccola radura. No, non era quella che stavano cercando, ma la luce dorata del fuoco fatuo brillava sempre più vicina.

C'erano quasi!

Intanto il cielo si scuriva man mano che l'eclissi avanzava.

«Fermi!» esclamò Pingu d'un tratto, trattenendo gli altri due.

«Che c'è?» chiese Asta.

Pingu indicò il grande albero al centro della radura: il suo tronco stava cambiando forma. Pareva fatto d'argilla. Sotto gli occhi spalancati dei ragazzini, le linee e i solchi nel legno si mossero formando la figura di un uomo incappucciato.

«I vostri amici sono in pericolo» disse Lord

Penngwen. «Tornate indietro e prestate loro soccorso. O ritenete forse che la vostra missione sia più importante delle loro vite?»

I tre cugini rimasero immobili.

«I nostri amici sanno cavarsela» rispose Pingu. «Ed è proprio per salvarli che porteremo a termine la nostra missione».

Deku fece per schioccare le dita, ma subito ci ripensò.

«La tua magia è ancora debole, apprendista» disse lo stregone, leggendogli nel pensiero. «E comunque sarebbe come usare un fiammifero contro un drago sputafuoco. Lascia sortilegi e incantesimi a chi li padroneggia davvero».

Pingu strinse i pugni intorno al suo bastone da combattimento.

«Perché non ci affronti direttamente?» urlò, facendosi avanti.

La figura restò impassibile.

«Non è così che deve andare» disse. «Rinunciate. Tornate indietro».

Stavolta fu Asta a sbottare. «Col cavolo!»

Lord Penngwen mosse la testa incappucciata con uno scricchiolio. Guardò i tre ragazzini uno per uno, poi la corteccia del grande albero si contorse di nuovo e la figura sparì nel legno.

«Pazzi!»

La sua voce echeggiò un'ultima volta. In quello stesso istante la radura fu invasa dal fruscio delle foglie e decine di creature verdastre vennero giù dagli alberi.

Pingu indietreggiò.

Cosa diavolo erano quelli?

«Sono uomini verdi!» esclamò Deku. «I guardiani della foresta».

Pingu tese la sua arma davanti a sé, fronteggiando le creature che si avvicinavano, e i suoi cugini fecero lo stesso.

In un attimo i tre si ritrovarono schiena contro schiena.

Erano circondati.

«Dite che mordono?» chiese il buffone.

Gli uomini verdi si strinsero intorno a loro, simili a scimmie spaventose, con muschio e foglie al posto dei peli.

«Più che altro graffiano» rispose Deku, fissando le creature e i loro occhi arancioni come la resina degli alberi. «Hanno il compito di proteggere la natura. Se non ci mostriamo minacciosi, non dovrebbero attaccarci».

Asta notò i loro artigli legnosi e deglutì. «Avevi detto la stessa cosa delle salamandre».

«Sembrano piante viventi» fece Pingu. «Una bella palla di fuoco dovrebbe metterli fuori gioco, no?»

Deku mostrò le mani. I cristalli sui suoi guanti emanavano una luce debolissima.

«Mi serve un altro po' di tempo» disse. «Devo recuperare energia magica».

Pingu scrutò il cielo grigio e l'ultimo spicchio di sole ancora visibile. «Non ce l'abbiamo, altro tempo!» rispose. «Scavalchiamoli!»

Schizzò in avanti e piantò il suo bastone per terra, dandosi lo slancio come nel salto con l'asta. L'arma si piegò sotto il suo peso e poi si raddrizzò di colpo, lanciandolo in alto. Intanto Deku spiccò il volo grazie al suo mantello e Asta si esibì in un doppio salto con capriola. Atterrarono tutti e tre oltre le creature e ripresero svelti la loro corsa tra gli alberi, puntando il fuoco fatuo.

«Ci stanno inseguendo!» gridò il buffone.

Alle loro spalle si sentivano gli artigli che grattavano il terreno e le fronde che tremavano mentre gli uomini verdi saltavano da un albero all'altro.

Per un attimo i tre cugini furono di nuovo fianco a fianco.

«Scappare non basta» disse Deku. «Se anche arriviamo alla radura, nell'istante in cui ci fermiamo siamo spacciati».

Pingu continuò a muoversi rapido ma non disse nulla. Il cugino aveva ragione, solo che non voleva ammetterlo.

Doveva pur esserci una soluzione!

«Uno di noi deve andare avanti» aggiunse l'apprendista mago. «A ogni costo!»

Poi scambiò un'occhiata veloce con Asta ed entrambi annuirono.

Pingu guardò prima uno e poi l'altro, senza capire. «Cosa volete...?»

I suoi cugini si fermarono di colpo e Pingu si ritrovò a correre da solo. Quando si fermò anche lui, era già troppo tardi.

Si voltò proprio mentre Deku alzava la mano: il cristallo sul suo guanto splendeva di un intenso rosso rubino.

«No!» gridò Pingu.

Lo schiocco di dita risuonò come uno sparo e

le fiamme magiche divamparono davanti ai suoi occhi, separandolo dagli altri due.

«Tu va' avanti!» gridò la voce di Asta, al di là del fuoco. «Qui ci pensiamo noi».

«Nemmeno per sogno!» urlò Pingu. «Non vi lascio qui!»

«E invece sì» rispose la voce di Deku. «Te lo ha detto anche il mago di corte, ricordi? Sei tu l'eroe. Perciò smettila di rompere e salvaci tutti!»

Pingu serrò i pugni intorno al suo bastone, tanto da farsi male. Non voleva abbandonare i suoi cugini. Ma non voleva nemmeno che il sacrificio di Franpesca e Tonno fosse inutile... Cos'altro poteva fare?

Ingoiò la propria rabbia e ripartì di corsa verso la radura.

Dall'altra parte delle fiamme, Deku e Asta erano circondati dagli uomini verdi. Piccoli occhi arancioni luccicavano ovunque. Sui rami, dietro le rocce, tra i cespugli...

Asta prese un profondo respiro. «Sai cosa fanno un mago e un buffone davanti a così tanti nemici?» chiese con un mezzo sorriso.

Deku alzò il mento. Era di certo il momento giusto per stare al gioco. «Cosa?»

«Vendono cara la pelle!» urlò il buffone, e scagliò le sue sfere con tutta la forza che poteva.

Poi saltò sulla testa dell'uomo verde più vicino.

Mentre il suo piede premeva sul brutto muso della creatura, Asta si rese conto di non avere poi tanta paura. Era un po' come uno dei suoi spettacoli di acrobazie...

Si gettò all'indietro con una capriola e schivò un colpo d'artigli facendo la ruota. Dopodiché, con uno sgambetto ben piazzato, spazzò via un altro mostro.

Si stupì della propria agilità anche se, in fondo, era un buffone da sempre... *o no?*

Fece un'altra giravolta e riacchiappò al volo le sfere che aveva lanciato.

Sì, era proprio come uno spettacolo a corte!

Poco più in là, Deku lanciava lingue di fuoco contro qualsiasi cosa gli si avvicinasse. Avrebbe fatto di tutto per dare a Pingu il tempo di attivare il vortice dimensionale e riportarli a casa.

Solo che...

Il ragazzino corrugò la fronte.

Solo che in quel momento non riusciva proprio

a ricordare dove fosse casa loro. Come avrebbe potuto tornarci?

Deku scosse forte la testa. Visto che la memoria gli giocava brutti scherzi, chiuse gli occhi e si affidò alla sua unica certezza: la magia.

Stese le braccia davanti a sé e aprì le mani. Ogni briciola di energia magica raggiunse la punta delle sue dita. E all'improvviso non gli importò più nulla del passato e nemmeno del futuro.

C'erano solo lui, Asta e quei mostri da sconfiggere, lì e ora.

Un altro schiocco di dita.

Nuove fiamme magiche crepitarono nell'aria, gettando la loro luce sugli alberi intorno e su quella strana coppia che sfidava un nemico dopo l'altro.

Mago e buffone lottavano senza sosta, il volto illuminato dal fuoco e dal proprio coraggio.

CAPITOLO 18

La radura

Quando Pingu arrivò nella radura, lui era già lì.

«Sei giunto, alla fine» disse Lord Penngwen. «Non avevo dubbi».

Il ragazzino si fermò ai margini della distesa erbosa, piegandosi sulle ginocchia e respirando a grandi boccate.

Era davvero esausto!

«Hai perso... anf...» ansimò. «Sono qui... anf... e attiverò le pietre!»

Lo stregone piegò di lato la testa incappucciata. «Ne sei proprio sicuro?»

Sopra di loro, il fuoco fatuo si spense all'improvviso, come una fiamma tremula al vento. La radura piombò nella semioscurità dell'eclissi.

Ma il buio durò solo un attimo.

Un nuovo bagliore rischiarò l'erba e gli alberi

tutt'intorno. Pingu si tolse di dosso la sacca e le cinque Mistiche Pietre di Om rotolarono fuori: brillavano come il giorno in cui le aveva viste per la prima volta.

«Io non lo farei, se fossi in te» disse Lord Penngwen.

Pingu raddrizzò la schiena. Sapeva che gli restava soltanto da posizionare le uova dorate al centro della radura. «È inutile che insisti con queste minacce. Non puoi fermarmi».

«Potrei farlo, invece» rispose tranquillo lo stregone. «In molti modi che nemmeno immagini. Ma non credo ce ne sarà bisogno».

Il ragazzino avvertì un fastidio, come la sensazione di aver dimenticato qualcosa di importante. Adesso che ascoltava bene la voce dello stregone, gli sembrava... familiare. Com'era possibile?

«Le vostre speranze nelle pietre sono mal riposte» spiegò Lord Penngwen. «Il loro mistico vortice permette di varcare il confine tra i mondi solo a chi le stringe fra le mani».

Quelle parole per Pingu furono come un pugno allo stomaco. Se diceva il vero, significava che...

«È questo, quindi, che intendi fare?» lo incalzò

lo stregone. «Tornare a casa e lasciare qui i tuoi amici?»

«Stai mentendo» mormorò Pingu.

Una folata di vento fece ondeggiare l'erba intorno ai due.

«Perché dovrei farlo? Potrei fermarti con un gesto del mio mignolo» rispose lo stregone.

D'istinto il ragazzino balzò verso la figura incappucciata, colpendola, ma il bastone attraversò lo stregone come se fosse solo un'ombra.

«Loro si sono scarificati per te» continuò Lord Penngwen, ignorando del tutto l'attacco. «Davvero saresti pronto ad abbandonarli?»

Pingu sferrò un secondo colpo, inutile quanto il primo. Stavolta la figura incappucciata si dissolse in una nuvola di fumo, riapparendo subito in un altro punto della radura.

«Si può sapere cosa vuoi da noi?» gridò il ragazzino, gettando per terra il bastone. «Se sei tanto potente, perché non ci hai fermati prima?»

Il vento soffiò più forte e il mantello dello stregone frusciò.

«Perché tu dovevi giungere qui, in questo preciso momento, per fare la tua scelta. Era il mio obiettivo fin dall'inizio». Lord Penngwen allargò le braccia. «Sono stato io a portare te e i tuoi amici in questo mondo, facendovi trovare le Mistiche Pietre di Om».

Pingu sbarrò gli occhi, confuso, arrabbiato e all'improvviso anche molto stanco. «Ma perché?»

«Per farti scoprire il tuo dono e convincerti a restare. Ma devi essere tu a scegliere» rispose l'altro. «Così deve essere, perché così è già stato».

Un fulmine squarciò il cielo mentre il vento fischiava impazzito. «Anch'io ho fatto la mia scelta. Proprio in questa radura. Tanto tempo fa».

Pingu sussultò.

Quella voce... ora sì che la riconosceva.

Penngwen... Pinguino... Pingu... Ecco perché gli era così familiare!

Il suo cuore si mise a battere all'impazzata.

«Chi sei tu?» chiese in un sussurro.

In alto il sole sparì del tutto e rimase solo un sottile anello dorato in un cielo nero come inchiostro. In basso, nella radura, il vento cessò e insieme a lui si spense ogni altro rumore.

«Davvero non lo hai ancora capito?» rispose lo stregone, la voce calma e divertita.

Con un movimento solenne, si portò le mani alla testa e fece scivolare indietro il cappuccio.

Pingu spalancò la bocca.

Era impossibile!

Il ragazzino provò a parlare, ma non ci riuscì.

Gli occhi, il naso, le labbra... Certo, era più vecchio, ma...

Pingu deglutì. Aveva tutto il corpo che tremava... Lord Penngwen era identico a lui!

«È un t-trucco» balbettò il ragazzino, ritrovando la voce.

«No» disse il Pingu con addosso la tunica nera. «Per quanto sarebbe facile per me cambiare faccia, queste sono le mie vere sembianze. O meglio, le *nostre* vere sembianze».

Il ragazzo batté le palpebre, incredulo.

«Quindi tu sei... *me*?»

Lo stregone annuì. «Sono il te del futuro. O meglio, di *un* futuro. Sono ciò che diventerai se sceglierai di vivere in questo mondo. Capisci ora, perché voglio che tu rimanga?»

Tese una mano e una scintilla violetta prese a danzare fra le sue dita affusolate.

«Per il momento sei solo un addestratore, ma puoi diventare molto, molto di più. Fidati. Io *lo so*».

La scintilla prese la forma di una farfalla, poi di una minuscola aquila, di un piccolo drago...

«Comunicare con le creature è solo il primo passo. Il golem, i guerrieri d'acqua, i nani oscuri, gli uomini verdi... Li ho piegati tutti al mio volere, pur essendo esseri così diversi».

Lord Penngwen chinò il capo per un secondo.

Quando lo raddrizzò, i suoi occhi erano due pozzi di oscurità.

Pingu indietreggiò, terrorizzato dal sorriso sinistro apparso su quel viso troppo simile al suo.

«Se sceglierai di restare qui, giorno dopo giorno diverrai sempre più abile nell'usare il tuo dono. Scoprirai le arti mistiche, ti addentrerai nello studio della magia bandita. E infine...»

Lo stregone richiuse lentamente la mano, lasciando un indice puntato contro un germoglio nel terreno. In una manciata di secondi la pianta crebbe, divenne un arbusto, poi un gigantesco albero centenario... e di colpo mutò in cenere, dissolvendosi in un'unica fiammata violetta.

«Il potere» disse lo stregone. «Il potere assoluto».

Un altro fulmine illuminò il cielo, seguito da un tuono.

Pingu fissò la propria versione malvagia dritta negli occhi neri. Poi abbassò lo sguardo sulle uova dorate che brillavano sull'erba, la sua sola via d'uscita da quell'incubo...

«Non voglio farlo» disse, tornando a guardare Lord Penngwen. «Non voglio il potere, non voglio essere uno stregone... Non voglio diventare *come te*!»

Il sorriso dello stregone si fece più largo. Sembrava divertirsi un mondo. «È il tuo destino. Resterai qui. Diverrai *Lord Penngwen*». Guardò anche lui le pietre dorate. «Poi, un giorno, farai in modo che un ragazzino e i suoi amici giungano in questo magico mondo. E alla fine ti ritroverai in questa radura, proprio come me, a convincere un altro Pingu a compiere la sua scelta. E tutto succederà ancora, e ancora... In un ciclo temporale infinito».

«Ho detto di no!» esclamò Pingu.

«Quindi? Tornerai al tuo mondo, consapevole che i tuoi amici sono morti per salvarti?»

«Loro non sono...»

Lord Penngwen lo zittì con un gesto della mano e i suoi occhi si accesero di luce viola.

«Io posso vederli, in questo esatto momento» disse. «Un nano oscuro ha appena colpito Francesca facendole sfuggire di mano l'arco. Ecco, è finito fra le radici di una quercia. Dici che lo ritroverà in tempo? Tonno è troppo lontano per correre in suo aiuto...»

Pingu rabbrividì.

«E Deku sta per esaurire di nuovo le forze magiche» insistette Lord Penngwen. «Le sue lingue di fuoco si stanno indebolendo. Potrà evocarne ancora due, al massimo. Forse tre. Chissà se gli basteranno. E il povero Asta...»

«Smettila!» urlò Pingu.

Il ragazzino pestò un piede per terra, tremante di rabbia. Era strano avere tanta voglia di prendere a pugni la sua stessa faccia!

«Dipende solo da te» sorrise l'altro Pingu, mentre gli occhi gli tornavano neri. «Resta in questo mondo e salvali. Sei ancora in tempo».

Pingu si portò le mani alla testa, più confuso che mai.

«Tu torna indietro e io richiamerò le mie creature» disse lo stregone. «Lascerò in pace te e i tuoi... i *nostri* amici».

Lo sguardo del ragazzino si posò ancora sulle pietre magiche e poi di nuovo sul viso di Penngwen.

Tornare a casa o restare lì.

Salvare se stesso o aiutare i suoi amici.

E poi?

Cosa sarebbe successo se fosse rimasto in quel mondo? Sarebbe davvero diventato un malvagio stregone?

Pingu chiuse gli occhi, solo che non trovò niente

a cui aggrapparsi: casa sua, la scuola, i pomeriggi in bicicletta... i ricordi stavano sbiadendo troppo velocemente. Allora pensò alle battute sceme di Asta, alle lamentele di Franpesca, a Tonno che le faceva la corte, a Deku coi suoi trucchi con le carte...

All'improvviso si rese conto di non ricordare i veri nomi dei suoi amici. Anzi, non ricordava più nemmeno il suo...

Respirò a fondo.

Finché qualcosa, nella testa, spazzò via ogni dubbio.

Una voce amica. Il suo vero io.

Noot noot!

Giusto!

Lui era Pingu.

E lo sarebbe sempre stato.

Era l'eroe, e questo niente e nessuno avrebbe mai potuto cambiarlo.

Riaprì gli occhi e guardò l'altro se stesso. Sì, il viso era uguale al suo, ma la cattiveria che lo trasfigurava no. Quello non era lui.

Lo aveva detto anche lo stregone: Penngwen era solo *uno* dei suoi possibili futuri. La scelta restava sempre sua.

Pingu si chinò per rimettere le cinque Mistiche Pietre di Om nella sacca, poi raccolse anche il bastone da combattimento e si rialzò.

«Tornerò indietro per salvare gli altri» disse sicuro. «Ma giuro che non diventerò mai, *mai*, uno stregone come te! E se un giorno ci rivedremo, ti sconfiggerò una volta per tutte!»

Il ragazzino gli voltò le spalle mentre Lord Penngwen scoppiava in una risata terrificante.

«Lo vedremo» disse lo stregone. Il suo mantello si dissolse in una nube di fumo nero. «Nessuno sfugge al proprio destino».

Ma Pingu non sentì quell'ultima frase.

Stava già correndo dai suoi amici.

Epilogo

Il mago di corte li vide arrivare dalle mura del castello. L'eclissi era passata già da un pezzo e il cielo si era tinto dei toni caldi del tramonto.

Se erano ancora lì, c'era una sola ragione.

Il mago tornò nella sua piccola biblioteca e, poco dopo, qualcuno bussò alla porta.

«Avanti» disse il vecchio.

I cinque giovani entrarono sicuri, molto più di quanto non lo fossero la prima volta che erano stati lì.

«Missione compiuta, caro mago» disse allegramente la principessa. «Le abbiamo recuperate tutte!»

Il ragazzo vestito da pinguino svuotò la sua sacca e cinque uova dorate rotolarono sul tavolo di legno.

«Ben fatto» annuì il mago, accarezzando con la punta delle dita le incisioni sui preziosi oggetti. «Sarà stata una bella avventura, immagino».

«Già» rispose il giovane coi capelli verdi e la tunica da apprendista. «Nella foresta siamo stati sorpresi dai nani oscuri e dagli uomini verdi. Per fortuna a un certo punto si sono ritirati».

«Chissà perché, poi» disse il ragazzino in armatura.

Quello vestito da buffone alzò le spalle. «Tanto li avremmo battuti comunque».

Gli altri gli lanciarono un'occhiataccia.

«Be'... forse» aggiunse.

Scoppiarono tutti e cinque a ridere e il mago di corte scrutò i loro volti: l'apprendista mago, il buffone, il cavaliere, la principessa...

E infine lui. L'eroe.

Almeno per il momento.

Un sorriso triste incurvò le labbra del vecchio mentre li osservava. Quanto era rimasto in loro, dei ragazzini che erano?

«E ditemi» chiese. «Rammentate perché vi ho chiesto di recuperare le Mistiche Pietre di Om?»

Il giovane dai capelli verdi aprì la bocca, come anche quello vestito da pinguino. Perfino il buffone storse la faccia in una smorfia concentrata. A nessuno di loro però venne in mente la risposta.

«Non proprio» disse alla fine il ragazzo pinguino. «Però sapevamo di doverle portare qui al castello».

«Come immaginavo» annuì il vecchio. «Non

importa. È colpa della stanchezza. Sono state giornate molto lunghe per voi».

Il ragazzino annuì a sua volta, ma un'espressione preoccupata gli oscurò il volto. «Ha a che fare con Lord Penngwen, vero? Lo abbiamo incontrato, e a me, nella foresta, ha detto alcune cose sul futuro che...»

Esitò, mordendosi il labbro e lanciando uno sguardo ai suoi amici. Era chiaro che non voleva parlarne di fronte a loro.

«Ogni cosa a suo tempo» gli venne in aiuto il mago. «Ne discuteremo più avanti, con calma. Ho già fatto preparare delle stanze per voi».

La porta della biblioteca si aprì senza che nessuno la toccasse.

«Ora andate a riposare» aggiunse il vecchio.

Il ragazzo pinguino sorrise e anche gli altri quattro, stanchi e malridotti com'erano, non se lo fecero ripetere due volte. Uscirono parlottando fra loro, ridendo e scherzando.

Il mago di corte rimase al suo posto e aspettò che il rumore dei loro passi si allontanasse. Poi batté per tre volte sul pavimento col bastone, facendo apparire l'ingresso alla sua camera segreta.

Si allungò sul tavolo e raccolse le Mistiche Pietre di Om, quindi scese giù per la scala a chiocciola. Le avrebbe custodite in attesa del momento propizio.

Sorrise. Non tutto era perduto.

Ci sarebbe stata di certo un'altra eclissi, prima o poi. E quel giorno, forse... Chi poteva dirlo?

Indice

Finito di stampare
nel mese di giugno 2021
per conto della Adriano Salani Editore s.u.r.l.
da Grafica Veneta S.p.A. di Trebaseleghe (PD)
Printed in Italy